連歌を楽しむ

鑑賞と創作入門

黒岩 淳

渓水社

はじめに

鎌倉時代の終わりに成立した「徒然草」の八十九段は、猫の怪物「猫股《ねこまた》」の話。その怪物の噂を聞いた「何阿弥陀仏（何とか阿弥陀仏）」と呼ばれていた法師は、「ひとり歩かん身は、心すべきことにこそ（ひとりで歩き回るような身は、気をつけなければならないことだ）」と思っていました。しかし、「ある所にて夜ふくるまで連歌」をします。恐ろしい「猫股」を用心せねばと思いながらも、夜が更けるまで興じた「連歌」とは、どのようなものだったのでしょうか。

また、室町時代の狂言に「箕被《みかずき》」という作品があります。それに登場する男は、「イヤまことに、世に連歌ほど面白い物はござらぬ。発句《ほっく》を致せば面白し、脇《わき》を致せば面白し、頭《とう》（世話役）を営めばまたひとしおの楽しみでござる」と言って登場します。

徒然草の連歌師も、猫股が恐かったものの、「箕被」の男のように連歌が面白くてたまらず、その誘惑に負けて出かけて行ったのかもしれませんね。

さて、時代は下って江戸時代、松尾芭蕉は「おくのほそ道」を書きます。旅立ちにあたって、住んでいた庵を他人に譲ることになった時の思いを「草の戸も住替《すみかは》る代ぞ雛の家」と詠みました。

「おくのほそ道」には、その後に「面《おもて》八句を庵の柱に懸置《かけおく》」と書いてあります。この「面八句」とは何でしょうか。

「面（表）八句」とは、「百韻連歌」の最初の八句を指すのです。芭蕉は「俳諧連歌《はいかいれんが》」の宗匠《そうしょう》でした。「草の戸も住替る代ぞ雛の家」という句を、当時は、「俳句」とは呼んでいませんでした。「発句《ほっく》」と呼んでいたのです。「俳諧連歌」は、和語だけで詠む「正風連歌」と違い、漢語や俗語などの俳言《はいごん》も使用します。しかし、句を付けていくという「座の文学」であることに変わりはありません。

本書は、その日本の伝統文芸である「座の文学」の連歌を紹介し、その楽しさを感じてもらうことを主な目的として書いたものです。連歌の作品だけでなく、連歌論や連歌に関する話なども紹介し、それらを通して、連歌の理解を深めてもらえるようにしました。また、巻末には、実際に連歌創作をする時に役立つ事項を付録として掲載しました。

連歌の世界はとても奥の深いものです。古典の作品に親しみ、また実際に連歌を創作することで、その面白さを実感してもらえたらと思っています。

目次

はじめに……i
第一章　連歌とは—「水無瀬三吟百韻」を例として……1
1　連歌とは　2
2　「水無瀬三吟百韻」表八句を読む　6
3　式目について　20
第二章　連歌を巻く—高校生が連歌に挑戦……29
第三章　連歌論を読む……53
1　二条良基「連理秘抄」の一節—連歌の学び方　54
2　宗長「連歌比況集」の一節—句の付け方・連歌会に参加する心構え　59
3　里村紹巴「至宝抄」の一節—恋の本意　65
第四章　連歌の禁制—会席廿五禁制之事……77

第五章　読本「絵本太閤記」に描かれた連歌―愛宕百韻　89
第六章　「醒睡笑」の連歌関連咄　107
第七章　連歌師の紀行―「筑紫道記」と「博多百韻」　119
第八章　連歌の魅力　135
1　「座の文学」である連歌の特性に関して　136
2　連歌の用語に関して　142
3　その他　146
第九章　連歌を鑑賞し、連歌を詠むための参考文献　149
おわりに　155

（付録）……157

連歌用語集　158
連歌懐紙　166
句材表　170
季語集　174
連歌を詠むために知っておきたい言葉と表現　182
1　使ってみたい大和言葉　182
2　使ってみたい感覚表現　194
3　使ってみたい文語表現　196
水無瀬三吟百韻　句材　200

連歌を楽しむ

第一章　連歌とは──「水無瀬三吟百韻」を例として

1　連歌とは

さて、連歌とは何でしょうか。

簡単に言えば、数人が集まり、五七五の長句と七七の短句を交互に付けていく文芸です。前の句と合わせて五七五七七、または、七七五七五で一つの世界を描き出すのです。二句の付合《つけあい》だけで終わる連歌を特に短連歌と言い、百句続けていく百韻《ひゃくいん》や四十四句続ける世吉《よよし》などは、長連歌、鎖《くさり》連歌とも呼ばれます。

和歌を「敷島《しきしま》の道」と呼ぶのに対し、連歌は「筑波の道」と呼ばれます。現在の山梨県甲府市にある酒折《さかおりのみや》宮で日本武《やまとたけるのみこと》尊が

新治筑波《にひばりつくば》を過ぎて幾夜《いくよ》か寝つる　（新治筑波を過ぎて幾夜寝たか。）

と詠んだのに対し、御火焼《みひたき》の老人《おきな》が

かがなべて夜には九夜日《ここのよ》には十日を　（日数重ねて、夜は九夜、日は十日です。）

と唱和したことが、「古事記」や「日本書紀」に記されており、これを連歌の初めとしたことによります。二条良基《にじょうよしもと》が撰進した連歌集『菟玖波集《つくばしゅう》』の名称に使われ、「筑波の道」は、連歌の道を表す一般的な用語となっていったのです。

歴史的な流れを考えてみますと、はじめは和歌の上の句に下の句を付ける唱和でしたが、下の句に上の句を付ける形が生じ、更に下の句を付けたことから、平安末期には、鎖連歌の形が行われるようになりました。鎌倉初期に五十韻、百韻の形式が固まっていきます。

南北朝期には、二条良基によって文芸としての位置を確立し、室町期に宗祇《そうぎ》によって大成されます。安土桃山時代から江戸初期には、里村紹巴《じょうは》らが活躍し、最盛期を迎え、元禄期まで広く行われたと考えられています。

その後は、俳諧にその座を譲り、衰退していったと言われていますが、江戸時代を通じて里村家を中心とする幕府お抱えの連歌師は、柳営《りゅうえい》連歌を続けていました。また伝統的な連歌は伊達藩など各藩でも行われ、地方では、天満宮連歌も続けられていました。

では、長連歌について説明していきましょう。

句を付けて連歌をしていくことを「巻く」と言います。「百韻を巻く」というように使います。

まず、連歌を巻く上で大切なことを記しておきます。

（1）展開が大切

連歌で大切なことは、新しい世界を次々と展開していくことです。前の句にはうまく付かなければならないのですが、さらに一つ前の句（打越《うちこし》）と同じような内容にならないようにしなければならないのです。

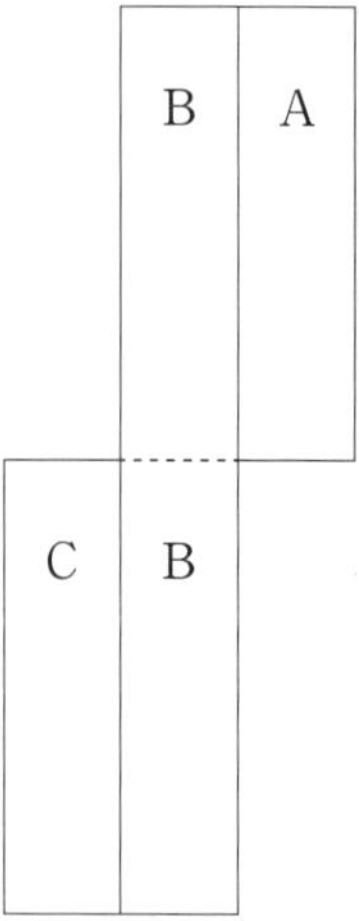

ＡＢで、一つの世界を描き、次にＢＣで一つの世界を描くのですが、ＡＢの世界とＢＣの世界は、内容が異なっていなければならないのです。ですから、ＡとＣでは、場面を替えたり、時間を替えたりすることになります。同じ言葉も使えません。

（２）和語が基本

連歌に似た文芸に「連句」があります。連歌と連句の違いについて説明しておきましょう。

そもそも「連歌」は、「和歌」と同じように「和語」で詠まれました。「和語」は、「大和言葉」とも言います。日本古来の言葉ですね。日本語を大まかに分類すると次のようになります。

- 日本語
  - 和語
  - 外来語
    - 漢語
    - カタカナ語

漢語は、中国から漢字とともに入ってきた言葉です。明治以降は、西洋から外来語がたくさん入ってきて、カタカナで表記される言葉が増えました。また、言葉の中には、くだけた言葉があり、「俗語」と呼ばれます。

連歌では、「外来語」や「俗語」は、「俳言《はいごん》」と言って使わないのが原則です。ですから、不自由を感じることもあります。そこで、もっと自由に用語を使いたいという動きが出てきます。それが「俳言」を自由に使う「俳諧連歌」となっていくのです。

江戸時代には、その「俳諧連歌」が盛んになります。そして、その俳諧連歌を、明治以降「連句」と呼ぶようになるのです。したがって、簡単に言えば、連歌と連句には、使用する言葉の自由度の違いがあると言って良いでしょう。

現代連歌と現代連句を比較してもそのことが言えます。また、展開の度合いについても、連句の方が、より大きいように感じます。連歌と連句、それぞれの良さがあると考えます。違いを意識することで、それぞれの面白さがより増すでしょう。

2 「水無瀬三吟百韻」表八句を読む

では、古来、連歌の模範とされてきた「水無瀬《みなせ》三吟百韻」という古典作品を味わっていきましょう。本文は新潮日本古典集成「連歌集」所収本を用います。

名称の「水無瀬三吟百韻」の「水無瀬」は、この連歌が巻かれた場所を示しています。長享二（一四八八）年、現在の大阪府三島郡にあたる水無瀬の地で、この連歌は巻かれました。水無瀬には、後鳥羽天皇・土御門天皇・順徳天皇を祭る水無瀬神宮があります。以前は、水無瀬宮と呼んでいました。この水無瀬宮に奉納するため連歌は巻かれたのです。

時は戦国時代。武士たちが戦を繰り返す殺伐とした時代の中で行われました。「三吟《さんぎん》」というのは、三人で巻いたということです。著名な連歌師である宗祇《そうぎ》（一四二一～一五〇二）とその高弟である肖柏《しょうはく》（一四四三～一五二七）、宗長《そうちょう》（一四四八～一五三二）の三人で詠まれました。

連歌は、数人から十数人集まって行うのが一般的で、参加人数は特に決まっていません。二人で詠む場合は、「両吟《りょうぎん》」と言い、一人で詠む場合は「独吟《どくぎん》」と言います。

「百韻」とは、連歌の形式の一つを示しています。五七五の長句と七七の短句を交互に繰り返し、百句続けていく形式です。

連歌の句を書き込む紙を懐紙《かいし》と言い、その懐紙を半分に折ってそれを綴じて使います。百韻であれば四枚の懐紙を使い、初折《しょおり》、二折、三折、名残折《なごりのおり》と言います。その各折の表裏に記される句数も決まっていて、百韻であれば、次のようになっています。

初折表　八句
初折裏　十四句
二折表　十四句
二折裏　十四句
三折表　十四句
三折裏　十四句
名残折表　十四句
名残折裏　八句

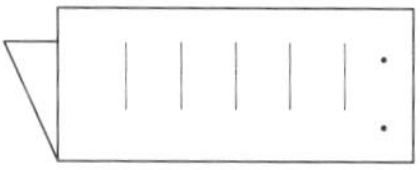
↑右端を閉じる

この二折と三折を省略した形式が世吉《よよし》と呼ばれる形式で、四十四句で巻き上げます。現代連歌では、この

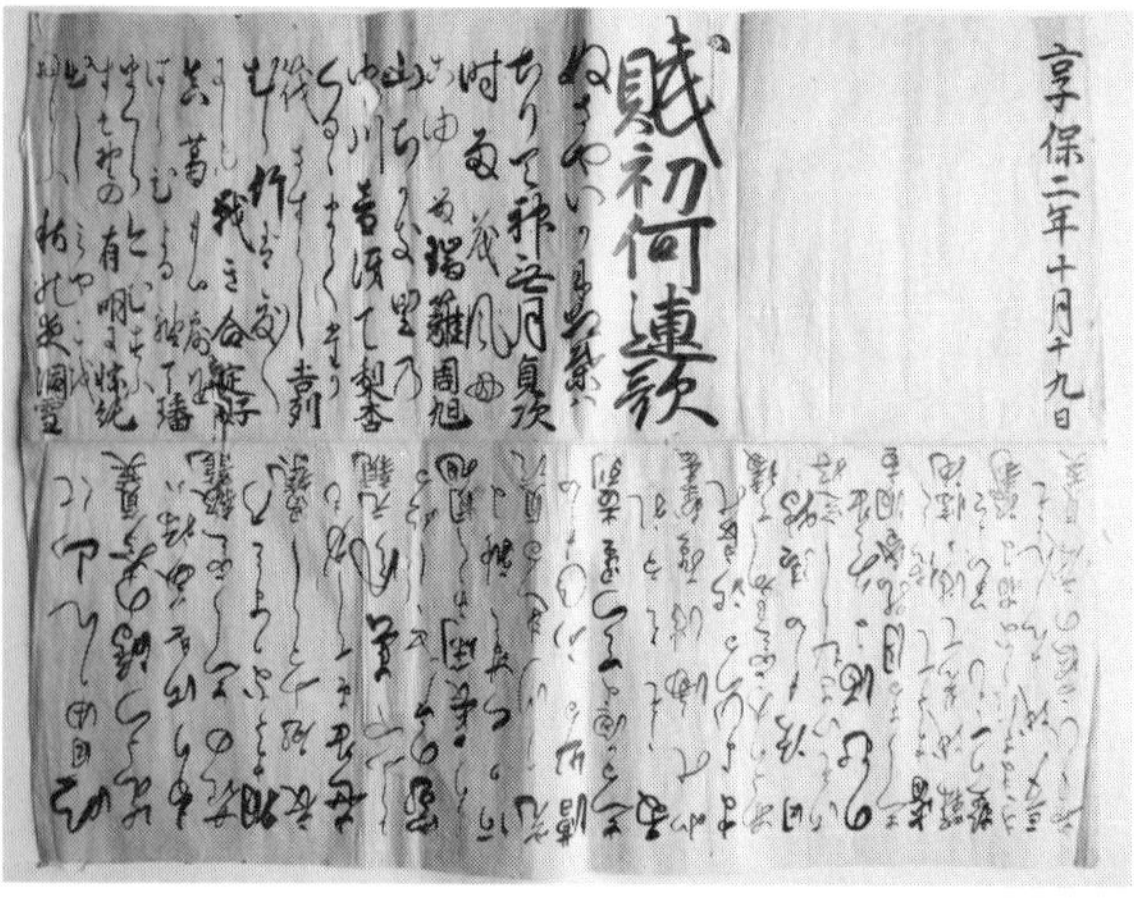

世吉形式で巻かれることが多いようです。

前頁の写真は、架蔵している享保二（一七一七）年十月十九日の連歌懐紙です。折り目を境に逆向きに書かれていることから、半分に折って書かれていたことがわかります。

また、江戸時代以降、俳諧連歌が盛んになり、歌仙《かせん》と呼ばれる形式が広がります。平安時代、藤原公任が選んだとされる優れた歌人三十六人を「三十六歌仙」と言います。その言葉に基づき、三十六句からなる形式を歌仙と呼ぶのです。各折の句数は、次のようになります。

初折表　　六句
初折裏　十二句
名残折表　十二句
名残折裏　　六句

では、「水無瀬三吟百韻」の句を見ていきましょう。百韻ですから、百句続くのですが、その最初の八句、いわゆる表八句を見ていくことにします。

雪ながら山もとかすむ夕《ゆふべ》かな　宗祇
行く水とほく梅にほふ里　肖柏
川かぜに一むら柳春みえて　宗長
舟さすおとはしるき明《あけ》がた　祇
月は猶霧わたる夜にのこるらん　柏
霜おく野はら秋はくれけり　長
なく虫の心ともなく草かれて　祇
垣ねをとへばあらはなる道　柏

五七五の長句と七七の短句が交互に付いていることをまず確認してください。最初の句を見てみましょう。この五七五の最初の句を発句《ほっく》と言います。

発句　雪ながら山もとかすむ夕《ゆふべ》かな　宗祇　春

発句は、その連歌会が行われている時の状況を詠み込みます。そして、季語を使用することになっています。この発句の季語は何でしょうか。「雪」が季語だと思った人もいるかも知れませんが、この句の場合は、「霞む」という言葉が季語となります。「霞む」は動詞ですね。名詞であれば「霞《かすみ》」です。いずれにしても、春を表すのです。「雪」だけだと冬の季語となりますが、この句の場合は、雪よりも「霞む」の方が、季節を示す意味合いが強いのです。そして、この連歌会が行われた季節が春であることを示しているのです。

「ながら」というのは、二つの状態が平行して成り立っていることを示します。雪がありながら、山の麓は霞んでいるということです。春といってまだ浅い。雪が残っている早春の情景ですね。

発句には「切れ字」も使わなければなりません。「切れ字」は、文字通り、句を切るということです。句を切ることによって、余情余韻が感じられてくるのです。

代表的な切れ字には、「かな」「けり」「や」があります。また、形容詞の終止形や、動詞の命令形も切れ字と同じような働きをします。この水無瀬三吟百韻の発句では、「かな」が使われていますね。「かな」は、詠嘆を示しています。「夕べであるなあ」という意味です。

実は、この宗祇の発句は、後鳥羽院（一一八〇～一二三九）の「見渡せば山もと霞む水無瀬川夕べは秋と何思ひけむ」という和歌を踏まえています。新古今和歌集に収録されているこの歌は、「見渡すと山の麓が霞んで見え、美しい水無瀬川が流れているのが目に入る。この趣深い景色を見ていると、「夕べは秋がいいのだ」とどうして思ったのだろうか、秋ではなく、この春の夕べの情景が、実に素晴らしいではないか」という意味なのです。

春と秋の優劣論争は、古来しばしば行われてきました。清少納言は「枕草子」の中で、「秋は夕暮れ」と書いたので、その捉え方が一般化していったと考えられます。しかし、夕暮れは秋がいいのだという捉え方に対して、後鳥羽院は、「春の夕暮れ」も素晴らしいと新たな美を発見し、それを歌にしたとも言えましょう。

この水無瀬三吟の連歌会は、後鳥羽院の二百五十年忌《き》、つまり、後鳥羽院が逝去されてから二百五十年という節目の年に、後鳥羽院を偲《しの》んで開催した連歌会だったのです。ですから、後鳥羽院の名歌を踏まえた句を詠む事で、後鳥羽院への敬慕の気持ちを表しているとと言えるのです。ただし、宗祇の発句は、後鳥羽院の歌をなぞっただけではありません。水無瀬川と山の麓が霞んでいる春の夕べの景色に、残雪を詠み込んでいます。そこに、宗祇の工夫が見て取れます。後鳥羽院への思いをこめながら、初春の趣きある景色を、見事に五七五で表現したのです。

ついでながら、現代俳句は、俳諧連歌の発句が、独立して成立していったものだと考えられます。俳句の歴史を遡《さかのぼ》ると、連歌の発句に行き着くのですね。俳句に季語を使用したり、切れ字を使用したりするのも、もともと連歌の発句にそのようなルールがあったからなのです。

雪ながら山もとかすむ夕かな

脇句　行く水とほく梅にほふ里　　肖柏　春

二番目の句を脇句《わきく》と言います。脇句は、七七の短句で体言止め、つまり名詞で終わることになっています。また、発句と同じ季節の季語を使用することになっており、水無瀬三吟百韻では、春の季語「梅」が使われています。

発句に脇句が加わることにより、合わせて一首の短歌となり、情景が細かに描かれることになります。山の麓が霞んでいる情景に、遠くには川が流れ、近くには梅が匂っていることが加わることで、春の景色が空間的広がりを持ってきます。視覚的なことだけではなく、嗅覚に関することも加わることで、より想像を掻き立てられます。

「行く水」という言葉は、古今和歌集にある詠み人しらずの和歌「水無瀬川ありて行く水なくはこそつひに我が身を絶えぬと思はめ（水無瀬川の行く水が無くなるように、あの人が訪れることが無くなったならば、ついに二人の関係は途絶えたのだと我が身を思うことにしよう）」を踏まえていると考えられます。

「行く水」という言葉を使うことで、古今和歌集にある水無瀬川の歌を思い出させ、この川が水無瀬川であることをそれとなく伝えることになりますね。

行く水とほく梅にほふ里

第三　川かぜに一むら柳春みえて　　宗長　春

第三番目の句は、五七五の長句。第三の句は、「春見えて」のように、「て」止めとするのが一般的です。たまに「らん」止めもあります。

「春」という言葉があるので、この句は春の句であることがすぐわかりますが、「柳」も春の季語ですね。連歌には、式目《しきもく》というルールがあり、季節に関しては、春の句は、三句〜五句続けなければならないことになっています。ついでながら、秋も三句から五句まで、夏・冬の句は一句で終わってもいいし、続けるなら三句まで続けることが可能です。一旦途切れたら、間を七句空けなければ同じ季節の句は詠むことができません。これを「七句去り」と言います。

第三句は、脇句と一緒に味わうことになります。梅の良い香りが漂っている里の川岸の風景となりました。「ひとむら」とは「ひとかたまり」のこと。川岸の柳が一本だけではなく、数本連なっている情景ですね。柳が風になびいている。その風に揺れる柳の緑が、いかにも春を感じさせる様子なのでしょう。視覚と嗅覚の両方で春を感じているのですね。

川かぜに一むら柳春みえて

第四　舟さすおとはしるき明《あけ》がた　　祇　雑

第四では、「明けがた」の情景となりました。発句は、夕方の情景でしたね。時間帯も変わっていくのです。「舟さす音」とは、棹を川に挿して舟を動かしている音。「しるき」とは、「しるし」という形容詞の連体形で、はっきりしている様子を表します。はっきりと聞こえるということから静かであることがわかります。風が吹き柳が揺れている、そして川を進む舟の棹をさす音がはっきり聞こえてくる静かな夜明けの情景となったのです。

第五　月は猶《なほ》霧わたる夜《よ》にのこるらん　柏　秋
　　舟さすおとはしるき明がた

第五では、月が詠まれました。「月」は、秋の季語です。一年中、月は見ることができるのですが、最も美しく感じられる季節が秋ということもあり、秋の季語となったと考えられます。連歌において「月」は「花」とともに、重要な意味を持つため、定座《じょうざ》、つまり詠む場所が決められていました。現代連歌でも、世吉では、初折表七、初折裏十、名残折表十三で詠むことになっています。定座というのは絶対的なものでなく、引き上げることもあります。

第五には、「霧」も詠まれています。「霧」もまた秋の季語です。「霞」と「霧」の違いは分かりますか。成分も、現象も、どちらも同じようなものですね。しかし連歌の世界では、春にたなびいているものを「霞」、秋に立ち上るものを「霧」と言って区別するのです。「霧」は名詞ですが、霧がかかっている状態を表す「霧る」という動詞もあります。「わたる」という補助動詞が付くと、一面に霧がかかっている状態や、ずっと霧がかかっている状態を表すことになります。

前句と合わせて鑑賞してみましょう。舟の棹をさす音がはっきりと聞こえる明け方、辺り一面霧がかかって、月は見えません。まだ明けきらぬ夜に月はまだ残っているだろうと想像しているのですね。「らん」という助動詞は「現在推量」を表しています。夜が明けても残っている月を、「有明《ありあけ》の月」と言います。また、「残月《ざんげつ》」とも言います。

月は猶霧わたる夜にのこるらん

第六　霜おく野はら秋はくれけり　　長　秋

先ほど述べたとおり、秋の句は春の句と同じように三句から五句続けなければなりません。第六、七と秋の句にする必要があります。「霜」だけだと冬の句になりますが、「秋は暮れけり」とはっきり述べていますので、秋の句となります。

霜が降りている野原一面に霧がかかっており、暮れてゆく秋をしみじみと感じている句になりました。秋の終わりを感じながら、霧がかかっている夜に、月はまだ残っているだろうと想像しています。

川岸の様子から野原の様子へと場所が変わっていることにも注意しましょう。

霜おく野はら秋はくれけり
第七　なく虫の心ともなく草かれて　　祇秋

第七は、「虫」が秋の季語となります。「草枯る」だけだと冬の句になりますが、「虫」の意味合いが強く、秋の句と考えます。「心ともなく」は、「心にかまうことなく」といった意味。虫にしてみれば、ずっと草が生えていて欲しいのですが、そんなことにおかまいなく草は枯れてしまい、霜も降りて秋は過ぎ去ろうとしているという内容になりました。

虫の気持ちに寄り添うように詠んでいるところも面白いですね。前句の晩秋の雰囲気を、より強めているような付けです。虫の声も哀しげに聞こえてきそうです。

鳴く虫の心ともなく草かれて
第八　垣ねを訪へばあらはなる道　　柏　蔵

第八は、季語がありません。季語がない句を「雑《ぞう》」の句と言います。前句で「草枯れて」とあったので、道が「あらは」になったという付けです。垣根を目印に訪ねてみると、草が枯れて、道がはっきりしていたという意味ですね。荒れていて道もよくわからない状態を想像して訪れたのでしょうか。案《あん》に相違して道がはっきりしていて少し驚いている様子も想像できます。

第八句まで見てきましたが、場面が展開しているのが確認できたでしょうか。季節が変わり、時刻が変わり、場所が変わっています。

感覚的な表現にも注目してみましょう。

	（感覚）	（季節）	（時）	（場所）
発句	視覚	春	夕	
脇句	嗅覚（にほふ）・視覚	春		里

第三	視覚	春	川
第四	聴覚（舟さす音）	明がた	
第五	（視覚）※推量	秋	夜
第六	視覚	秋	野原
第七	聴覚（鳴く虫）・視覚	秋	
第八	視覚		道

見た景色だけでなく、嗅覚や聴覚的なものも句材として詠み込まれていることがわかります。

3　式目について

連歌は、五七五の長句と七七との短句を交互に付けていく文芸ですが、使用可能な言葉に制約があります。先ほどふれましたように、その制約を式目《しきもく》と言います。連歌で大切なのは、変化と調和であり、連歌は、森羅万象、自然界の四季折々の景色や、人生の様々な局面における心情を詠む文芸なのです。同じような内容が続くことは避けなければなりません。句が停滞したり、内容的に戻ったりしないように句を付けていかなければならないのです。そのために式目があると言ってよいでしょう。最初は難しく感じるかもしれませんが、会を重ねるごとに慣れてきます。部立《ぶたて》等、分類する上ではっきりしない言葉もありますが、最終的には、宗匠の判断によって決まります。

まず、その歴史を見てみましょう。

式目は、応安五（一三七二）年、一条良基《にじょうよしもと》が、それまで各集団で行われてきた式目に、修正統一を図って「連歌新式」（通称「応安新式」）という式目を定めました。良基は、南北朝時代の公家で、摂政・関白・太政大臣にもなった人物です。連歌を好み、最初の准勅撰連歌集である「菟《つ》玖波集《くばしゅう》」を編集したことでも知られています。

享徳元（一四五二）年には、一条兼良《いちじょうかねよし》が、宗砌《そうぜい》の意見を取り入れて作った「新式今案《こんあん》」が加えられ、文亀元（一五〇一）年に肖柏《しょうはく》が改定を施し、正式には「連歌新式追加並新式今案等」と称され、以後長く連歌式目の規範となりました。これらの式目は、「連歌初学抄」（岩波文庫『連歌論集　下』所収）や『連歌法式綱要』（岩波書店）『連歌新式の研究』（木藤才蔵　三弥井書店）に載っています。

式目は、大変複雑なものですが、主な内容を整理しながら説明します。
式目は、まず、（1）部立《ぶたて》（2）句数《くかず》（3）句去《くさり》の三点を理解する必要があります。

（1）部立《ぶたて》（句材の分類）

連歌の句は、大別して季《き》の句と雑《ぞう》の句とに分かれます。季語を含んだ句が季の句であり、他は雑《ぞう》の句と言います。次に事物の分類があります。これは、季・雑の分類とは別次元の分類となります。

主な部立には、光物《ひかりもの》、時分《じぶん》、聳物《そびきもの》、降物《ふりもの》、山類《さんるい》、水辺《すいへん》、動物《うごきもの》、植物《うえもの》、人倫《じんりん》、神祇《じんぎ》、釈教《しゃっきょう》、恋、述懐《しゅっかい》、旅、名所《などころ》、居所《きょしょ》、衣類があります。神祇とは、神社に関することで、釈教とは、仏教に関することです。述懐は、過去を悔いる心情の他、昔のことを懐かしく思ったり（懐旧）、人の死を悲しんだり（無常）する心情に関することです。

このうち山類・水辺・居所には、さらに体《たい》・用《ゆう》の区別があります。概して、「体」は本来的・固定的なもの、「用」は付随的・可動的なものと言えますが、式目で確認する必要があります。「新式今案」では、「体用の外」という分類基準も設けられました。

また、時分には、夜・朝・夕、動物には、獣・鳥・虫、植物には木・草・竹の下位分類があり、句去《くさり》に関係します。

（2）句数《くかず》（句の連続）

句材には、連続使用数に関する制約があります。たとえば、春や秋の句は、三句から五句まで続けなければならないといったものです。どの句材も二句は続けることができます。神祇・釈教・述懐等は、三句まで続けられます。山類・水辺・居所は、三句続けることが可能ですが、その場合、体《たい》・用《ゆう》の区別をして、体用体や用体用とならないようにしなければなりません。例えば、海（体）↓波（用）↓水（用）と続ける事は良いのですが、海（体）↓波（用）↓磯（体）と続ける事はできないのです。

（3）句去《くさり》（去嫌《さりきらい》）

句材には、間隔に関する制約もあります。たとえば、季節の句は、一旦途切れると間に七句をおかなければ、同じ季節の句を詠むことができないのです。それを「七句去り」と言います。
時分は、夜・朝・夕に分けられます。夜分と夜分のように同じ時分であれば五句去りですが、朝と夕は、二句去りとなります。動物《うごきもの》では、同じ獣と獣では五句去りですが、獣と鳥、鳥と虫のように異なった動物では三句去りとなります。植物では木と木、草類と草類では五句去り、草と木は三句去りですが、草と竹、木と竹は二句去りとなっています。

(4) 式目和歌

式目は複雑なため、最初はなかなか覚えることができません。そこで、式目に関する和歌が作られました。和歌にすることで、覚えやすくなるからでしょう。「連歌秘鈔」(『連歌法式綱要』所収・岩波書店)の巻末に掲載されている「去嫌の歌」から幾つか紹介しましょう。

述懐や神祇釈教恋無常五つが中を五つへだてよ

「述懐」「神祇」「釈教」「恋」「無常」に分類される句材は、「五つ」隔てなければ、同類の句材を用いることができないことを詠んでいます。「五句去り」のことですね。

三つ嫌ふものは降《ふり》もの聳《そびき》もの鳥獣と草木なりけり

「三つ嫌ふ」とは、「三句去り」ということ。「降物」と「降物」、「聳物」と「聳物」、「鳥」と「獣」「草」と「木」は、三句を空けなければ、詠めないのですね。

ちなみに、「鳥」と「鳥」「獣」と「獣」「草」と「草」「木」と「木」は、「五句去り」です。

眉の霜頭《かしら》の雪の降物は冬にはあらぬ物とこそ聞け

（眉の霜と頭の雪の降物は、冬ではないものと聞いていることだ）

「霜」「雪」は「降物」ですが、「眉の霜」は、白くなった眉、「頭の雪」とは、白髪のことですね。比喩表現であり、老人であることを示しているのです。ですから、冬の季語ではないということを述べているのです。季節や部立を考えるときに比喩表現には、注意する必要がありますね。

下の写真は、式目和歌が書かれた架蔵の資料です。江戸初期に書かれた資料と思われます。三首目の歌を見てみましょう。

月花の友には人倫同じくはあるじに田守木こり草かり

（月の友、花の友は人倫で、同じように主、田守、木こり、草刈りも人倫である）

「月の友」「花の友」は、「人倫」に分類して良いのか迷う言葉ですが、人倫にとるということを示しているのでしょう。「田守」とは、田の番をする人。「草刈り」もこの場合は、草を刈る人を指していると考えられます。

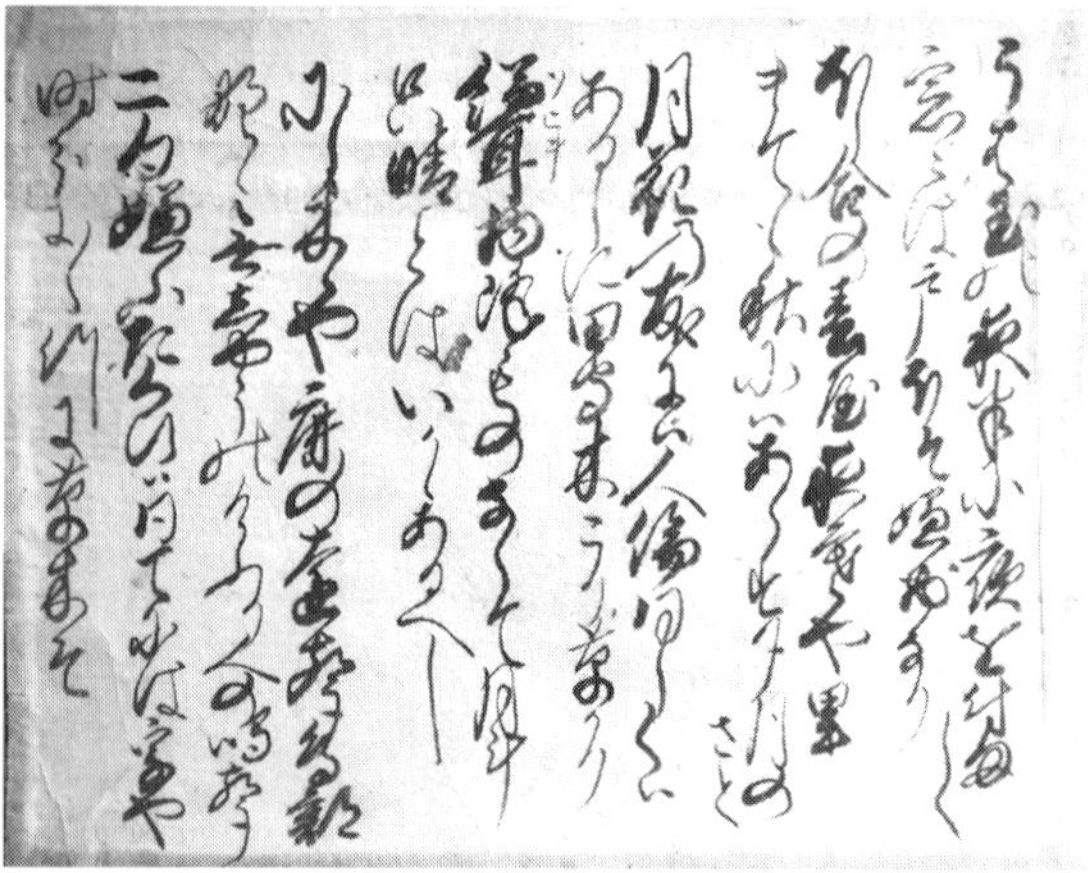

では、「水無瀬三吟百韻」の表八句では、句材がどうなっているか、確認してみましょう。

発句　降物「雪」　山類「山」　聳物「霞」　時分「夕」
脇句　水辺「水」　植物（木）「梅」　居所「里」
第三　水辺「川」　植物（木）「柳」
第四　水辺「舟」　時分「明がた」
第五　光物「月」　時分「月」「夜」　聳物「霧」
第六　降物「霜」
第七　動物「虫」　植物「草」
第八　居所「垣ね」

例えば、降物は三句去りなので、「雪」と「霜」は、三句以上離れておかなければなりません。「水無瀬三吟百韻」では、第一と第六にあり、四句離れていてＯＫということになるのです。

また植物は、木と木、草と草であれば、五句去りですが、「木」と「草」であれば三句去りです。

第三「柳」と第七「草」は三句去りになっています。

水辺は、三句続けることができますが、その場合は、「体」と「用」を確認しなければなりません。

第二から第四を見ると、

水（用）↓川（体）↓舟（体用の外）

となっているので、式目に合っていると言えます。

なお、式目の理解を深める上で大変参考になる論考に次のものがあります。

光田和伸「連歌新式の世界―「連歌式目モデル」定立の試み―」『国語国文』六五巻第五号（七四一号）平成八年五月
光田和伸「連歌の「詠み方」と「読み方」―宗祇一座『水無瀬三吟』『湯山三吟』を矩として―」国際日本文化研究センター『日本研究』第36集　平成十九年九月
勢田勝郭「連歌去嫌の総合的再検討」『奈良工業高等専門学校研究紀要』第五二号　平成二九年三月

第二章　連歌を巻く──高校生が連歌に挑戦

連歌は、数人が集まって連衆《れんじゅ》として加わり、連歌を巻いてこそ、その楽しさが実感できます。自分の句と、連衆の句が合わさって一つの世界を描き出す楽しさは、「座の文芸」の特質であり、一人で完成させる他の文芸では味わえないものです。句をうまく付けることができた時の喜びも勿論ありますが、自分の句に素敵な句を付けてもらった時の嬉しさが感じられるのも、連歌ならではでしょう。

では、現代の連歌が、どのように巻かれていくか、高校生の連歌会の様子を見てみましょう。

宗匠はR先生。連衆は、S太君（サッカー部）、Y男君（登山部）、K郎君（部活なし。国語好き）、B子さん（文芸部）、C美さん（書道部）、M香さん（音楽部）。生徒は六人で挑戦することになりました。各自用意しておくものは、歳時記と古語辞典、そして古典文法書。

場所は、H高校の和室。普段は、茶道部や華道部が使用する部屋をお借りして行うことになりました。床の間には、R先生が持ってきた掛け軸が飾ってあり、それには菅原道真の絵が描かれています。連歌会では、菅原道真の掛け軸や名号の掛け軸を掛けて行われていたようなのです。雰囲気を出そうとR先生が用意したのでした。

R先生「さあ、連歌を始めましょう。六人集まりましたね。連歌をするメンバーを連衆《れんじゅ》と言います。連歌会を取り仕切り、句の採択を決めていく人を宗匠《そうしょう》と言います。今日は私が宗匠役を務めます。

宗匠を補佐し、式目に差し障りがないかを確認しながら、記録していく役を執筆《しゅひつ》と言います。今回は執筆なしで進めることにします。懐紙のプリントを配ります。後で書き込んでいってください。

では、始めますよ。授業中に「水無瀬三吟百韻」の表八句を勉強したから、連歌の基本的なことについては、わかっていると思うけど、創作する上でいろいろ疑問もわいてくると思います。どんどん質問してください。

今日は、時間の制約もあるので、「水無瀬三吟百韻」の第十句目である初折第二に付けるところから創作を始めてもらおうと思います。

正式な懐紙は半分に折ってあり、第八句まで表に記入したら、裏に移ります。したがって、九句目は、初折裏第一句となります。初折表第八句まで授業中に勉強したので、振り返りながら、初折裏第一句と次の第二句の内容を詳しくみておきましょう。

（初折表）

発句	雪ながら山もとかすむ夕《ゆふべ》かな	宗祇	春　降物　山類　聳物　時分（夕）
脇句	行く水とほく梅にほふ里	肖柏	春　水辺　植物（木）居所
第三	川かぜに一むら柳春みえて	宗長	春　水辺　植物（木）
第四	舟さすおとはしるき明《あけ》がた	祇	雑　水辺　時分（夜）
第五	月は猶《なほ》霧わたる夜《よ》にのこるらん	柏	秋　光物　時分（夜）聳物
第六	霜おく野はら秋はくれけり	長	秋　降物
第七	なく虫の心ともなく草かれて	祇	秋　動物（虫）植物（草）
第八	垣ねをとへばあらはなる道	柏	雑　居所

（初折裏）

第一	山ふかき里やあらしに送るらん	長	雑　山類　居所
第二	なれぬ住居《すまゐ》ぞさびしさもうき	祇	雑　居所

垣根を訪ねると、道が露《あら》わになっているという第八の句。その理由を、初折裏第一句では、それとなく嵐のせいにしたのですね。「嵐に送る」というのは、山深い里では、日々嵐の吹きあれる中に送っているということでしょう。第二で「馴れぬ住まひ」と付けることで、山深い里の暮らしに慣れず辛い日々を送っている様子が想像されます。

さて、この第二の句をスタートとして、続きを付けてもらおうと思います。連歌では、最初の十句までは、景色の句を中心に詠みますが、初折裏第三句からは、恋や述懐、神祇、釈教なども詠むことができます。連歌作品全体を考えた場合、最初は、穏やかに始まり、中ほどで様々な内容を詠み、また終わりは穏やかに巻き終えることになっているのです。

では、「なれぬ住居《すまゐ》ぞさびしさもうき」から連想して句を付けてみてください。基本的には文語で詠んでいくことにします。」

S太君「連想して句をつけると言ってもなあ。どうしたらいいんだろう」
B子さん「とにかく五七五で考えてみましょうよ」
R先生「そうそう、最初に式目上、詠めない句材を言っておきますね。まず、季節の句に関しては、一旦途切れると、間を七句空けなければ同じ季節の句を詠むことができません。初折表第七まで秋の句でした。まだ三句しか隔たっていないので、秋の句は詠めません。それ以外の季節の句は詠むことができます。季の句でない句を雑《ぞう》の句と言うのでしたね。雑の句を続けてもいいですよ。

第九の《山深き里や嵐に送るらん》という句で「山類《さんるい》」である「山」、居所である「里」が詠まれていますね。山類や居所は五句去り、つまり五句間を空けなければ詠むことができません。

また、第七で「虫」が詠まれていますね。動物《うごきもの》の「虫」と「虫」は五句去りなので詠めませんが、動物の中でも「虫」と「獣」、「虫」と「鳥」など、下位の分類が違えば、三句去りとなるので詠むことができます。また、第九では「草」が詠まれています。草と草は五句去りで詠めませんが、「草」と「木」は三句去り、「草」と「竹」は二句去りなので、「木」や「竹」は詠むことができます」

S太君「面倒くさいなあ」

Y男君「覚えるしかないのかなあ」

R先生「少しずつ馴れてくるので、最初のうちは式目表で確認しながら考えてみてください。私に聞くのが手っ取り早いと思うけど。

まずは、前句から想像してみよう。

《なれぬ住居《すまゐ》ぞさびしさもうき》

住み慣れていないので、寂しく憂鬱だという内容だね。どうして寂しいのだろうというところから想像してみてはどうかな」

M香さん「一人でいて寂しいのでしょう。恋人が来ないからかな」

R先生「そうそう。そうやって想像を広げていくといいのです。恋句を作ってみてはどうだろう」

恋句と聞いて生徒たちの顔が真剣になった。

C美さん「こんなのどうですか。

《頼っていたあの人は今どこかしら》」

R先生「頼みにしていた恋人がどこかに行ってしまって寂しいということだね。いいですよ。文語にしてみましょう。「どこ」という言葉を文語では何と言いますか」

C美さん「「いづこ」ですか」

R先生「そうですね。このようにしてみてはどうでしょう。

《頼みにし君はいづこにおはすらん》」

K郎君「「おはす」は尊敬語ですね。「いらっしゃる」という意味。「らん」は現在推量を表す助動詞でしたよね。頼りにしていたあの人は今頃どこにいらっしゃるのだろうという感じですね。恋人に尊敬の念をいだいていたのだろうな」

R先生「どんどん付けていきましょう。恋句は二句から五句続けることになっています。次も恋の句をお願いします。七七の短句です。別に実体験を詠まなくてもいいのですよ。虚構の世界だからね」

しばし沈黙。

K郎君「どこに行っているかわからないけれど、思いを伝えたくて手紙を書いている様子が思い浮かびました。

《涙をこらへ手紙を書かむ》

どうですか」

R先生「いいですな。届けられないかもしれないけど書かずにはおれないのだね。「書かむ」の「む」は意志の助動詞。手紙を書こうということだね。リズムを考えたとき、短句の場合、下の七は、切れ方が四三とならないようにした方がいいようです。「手紙」のことを文語では何と言うでしょう」
S太君「文《ふみ》です」
R先生「そうだね。ラブレターのことを恋文《こひぶみ》と言うのでしたね。他に玉章《たまづさ》（玉梓）という言葉もあります。便りを運ぶ使者が梓《あづさ》の杖を持っていたということから、もしくは梓の枝で手紙を結んでいたことから「たまあづさ」。それが変化して「たまづさ」になったと言われています。「玉」は、美しいもの、優れているものを表す接頭語です。もらった恋文は玉章と言ってもいいのですが、ここは自分が書くので「恋文」としましょう。
《涙をこらへつづる恋文》
でいただきます。採択です」
S太君「哀しい話になってきたなあ」
R先生「連歌は「本意《ほんい》」ということを大切にします。「本意」とは、それぞれの言葉が持っている「本質的な性質」と言っていいでしょう。「恋」の本意は「叶わない、辛い」というものなのです。だから、この句は、「恋」の本意にかなっているんだね」
S太君「恋は成就するのがいいのになあ」

R先生「まあ、そうだね。でも、成就する前がドラマになるんだなあ。さあ、付句を出してくださいよ。打越の第三に「君」という人倫があります。人倫は二句去りなので、第五では、詠むことができないことに注意しましょう」

B子さん「こんなのはどうでしょう。

《垣間見《かいまみ》し後には心ときめきて》

この前授業で読んだ源氏物語の「若紫」の場面を思い出したのです。源氏が女の子をのぞき見する場面で「垣間見」という言葉を習いました」

R先生「よく覚えていたね。現代では「のぞき見」は、よくないことですが、古典の世界では、「垣間見」と言って、話の展開上重要な場面となることがあります。平安時代は、姫君は自由に外出できなかったので、貴族の男は、垣間見るしか姫君を見ることができなかったのですね。ある意味、しょうがなかったのかもしれません。現代では駄目ですよ。念を押しておきます。

連歌では、「源氏物語」を踏まえた句を詠むことが期待されました。したがって、連歌師は、源氏物語を勉強しました。連歌師が写した源氏物語の本や、連歌師が書いた源氏物語の注釈書が多く残されているのも、そのことと関係するのですね。源氏物語が分からなければ、連歌師を務めることができなかったのですな。B子さんの句、そのままでいただきましょう。

《垣間見し後には心ときめきて》

さあ、そろそろ恋から離れて展開しましょうか。心ときめいてどうしたのかな」

Y男君「僕は、山に登りたくなるんだなあ。

《山に登るとほととぎす鳴く》

としてみました」

R先生「なるほど、興奮して一気に山に登ったんだね。さすが登山部のY男君だ。「ほととぎす」もいいね。「ほととぎす」は季語だけど、季節はいつかな」

B子さん「夏です」

R先生「そうだね。春は鶯、秋は雁、そして、夏の代表的な鳥が「ほととぎす」なのです。表記はいろいろあります。「時鳥」「杜鵑」、「不如帰」「郭公」、それから「子規」という書き方もあります。明治時代に、俳人としても歌人としても活躍した正岡子規《まさおかしき》（一八六七〜一九〇二）は、結核の自分を、血を吐くという「ホトトギス」と重ね合わせて、「子規」という号を付けたと言われています。

福岡県と大分県にまたがる英彦山《ひこさん》で、俳人の杉田久女《ひさじょ》（一八九〇〜一九四六）が詠んだ「谺《こだま》して山ほととぎす欲しいまゝ」という句も有名ですね。「登ると」を「登れば」として採択します。

《山に登ればほととぎす鳴く》

夏の句は、一句だけでもいいのですが、三句まで続けることが可能です。だから、次の第七は、夏の句か、雑の句ということになります」

M香さん「思いつきました。

《夏休み厳しき暑さ続いてる》

最近の夏は、異常気象と言っていいような感じがします。台風が次々来るかと思えば、名古屋では、ついに、四十度を越したとニュースで言っていました。毎年記録更新で、これから先、地球はどうなるのか心配になってきます」

R先生「そうですね。最近の夏の暑さは異常ですな。付句の「続いている」を文語にしてみましょう。存続の助動詞を思い出してごらん」

K郎君「『たり』ですね。『たり』は連用形接続だから「続きたり」となります」

R先生「そうそう、せっかく助動詞の勉強をしているのだから、使ってみましょう。
《夏休み厳しき暑さ続きたり》
で採択とします。「夏休み」「暑さ」が夏の季語。前句と合わせると、暑さが厳しいので、山に登ってみたことになりますね。山頂は幾分涼しいでしょう。山に登ったら、ほととぎすも鳴いていたということになります。このほととぎすは、初夏に渡来し、秋に南方に去ると言われています。ほととぎすも暑さに参っているのかも知れません。さあ、続けましょう。次は短句です」

S太君「僕は、夏休みにお墓参りしたことを思い出しました。おじいちゃんが亡くなって初盆だったのです。そんなことも詠んでいいのですか」

R先生「勿論、良いのですよ。「死」ということは、人間にとって避けることはできないことですね。身近な人の死は悲しいものです。和歌の世界でも死を悼む歌は数多く詠まれました。万葉集の部立《ぶたて》を思い出してごらん。相聞《そうもん》・挽歌《げんか》・雑歌《ぞうか》の三大部立が基本になっていたよね。挽歌というのが、死者を悼む歌のことです。古今集以下の勅撰集においても「哀傷歌」という部立が立てられました。連歌では、死に関することは、「述懐」に分類されることも覚えておくといいな。恋の句も大切だけど、死を悼む句も大切なんだ」

S太君「わかりました。では、
《亡き人しのび寺に行きたり》
でどうですか」
R先生「いいですな。ただ、「たり」を続けない方がいいな。文末表現も、前句や打越と同じようにならないように工夫してみよう。意志の助動詞「む」を使って、
《亡き人しのび寺に詣でむ》
としましょう。暑いときに、お参りするのですね。お盆の頃も残暑が厳しい時があるので、そのような場面を想像してみてもいいでしょう。お寺など、仏教に関することは「釈教《しゃっきょう》」という部立になります。

この句は、季語がありませんね。夏の句は一句で終わったことになります。前にも言ったように、「同季七句去り」という式目があるので、夏の句を次に詠むには、間に七句挟まなければなりません。

それから、先のことになりますが、第十三が「花の定座《じょうざ》」になっています。月と同じく詠むべき場所が決まっているのです。連歌で「花」と言えば、「桜」のことです。桜は春の季語

ですね。ですから、そこから考えて、春を詠むのはもう少し控えておいた方がいいということになります。したがって、次は、雑か冬の句ということになります。亡き人を恋しく思うのはどんな時でしょう。想像を広げてみて下さい」

Y男君「辛い時や、淋しい時かなあ」

C美さん「何をやってもうまくいかない時とかね」

R先生「そうそう、それを句にしてみよう」

C美さん「《何もかもうまくいかない昨日今日》

R先生「いいぞ。「うまくいかない」が口語だから、文語にしてみよう。

《何もかもうまくいかざる昨日今日》

《何もかも行き詰まりたる昨日今日》とかね」

C美さん「「行き詰りたる」でお願いします」

R先生「では、それで採択とします。

次の第十は、月の定座です。ただし、ここで秋の句にしてしまうと、問題が生じてしまう。少し考えてみましょう。秋の句は最低何句続けなければならなかったか覚えていますか」

K郎君「三句です」
R先生「そうだね。春の句と秋の句は、三句から五句続ける必要があるのでしたね。となると第十で秋の句にすると第十二まで秋の句にしなければならない。十三は花の定座なので、春の句と決まっている。だから、秋から春へ季移りをしなければならなくなってしまう。雑《ぞう》の句をはさまずに他の季の句を付けることを季移りと言いますが、これはかなり難しい。前句と合わせて矛盾しないような内容にしなければならないからね。それで、今回は、そうなるのを避けて「冬の月」を詠むことにしましょう」
M香さん「冬の月は、どう詠めばいいのですか」
R先生「月と一緒に冬の季語を詠みこめば良いのです。月は、秋の季語ですが、他の季節の季語があるとそちらを重視するのです。月は一年中出ているから、そのようなことが可能なのですな。さあ、どうですか」
B子さん「自分の部屋にいて行き詰まってしまい、外を見ると月が出ていたという様子を想像しました。
《窓の外には冬の月あり》」

R先生「なるほど。「冬の月」とはっきり詠んでもいいのですが、「冴ゆる月影」としてみてはどうでしょう。「冴ゆる」という冬の季語は、冷え冷えとした感じを表します。「月影」の「影」は光を意味するので、「月影」は「月の光」のことですね。

《窓の外には冴ゆる月影》

前句が行き詰っている心情を詠んでいるので、「冴ゆる月影」が心象風景のようにも感じられます。

さあ、冬の句になりました。冬の句は、夏の句と同じように三句まで続けることができますが、三句詠んでしまうと、第十三で冬から春への季移りをしなければならなくなります。やはり季移りは避けたいので、冬の句は一句で終わるか、二句で止めるかするといいですね。だから、次の第十一は、冬か雑の句で考えてみてください」

K郎君「窓の外に月をしみじみと見ているのは、旅先からじゃないかなあ。旅の句が思い浮かびました。

《破れにし旅の衣を脱ぎ捨てて》」

R先生「いいですなあ。破れた旅衣から、長旅を続けてきたことがわかりますね。宿に着いて衣を脱ぎ、ほっとしている、窓の外を見ると寒々とした月が見えたという状況が想像できます。雑の句ですので、次の第十二は、雑の句を続けるか、春の句にするかですね。大きく展開してください」

M香さん「じゃあ、場所を大きく変えます。

《きらめく川の岸あたたかし》」

R先生「なるほど。前句と合わせると、衣を脱いだ理由が変わってきます。第十の句と第十一の句とでは、宿に着いたから衣を脱いだという意味合いですが、第十一と第十二とを合わせると、暖かくなったので、衣を脱いだという意味に変わってくるのですね。この展開が面白い。「あたたか」が春の季語だね。さあ、次はいよいよ「花の句」です。先ほど言ったように、花の句を詠む箇所があらかじめ決まっていて定座《じょうざ》と言います。定座があるという事は、花を重視していることに他なりません。「花」を詠まなければ、連歌が成立しないと言ってもいいのです。連歌で「花」と言えば、「桜」のことです。「桜」と言わずに「花」という言葉を使うということも覚えておきましょう。「桜」だけでは、花の句にならないのです。

古来、日本人は、桜をとても愛《め》でてきました。多くの歌人が歌に詠みました。たとえば、平

安時代の歌人、在原業平《ありわらのなりひら》は、

世の中に絶えて桜のなかりせば春の心はのどけからまし

（世の中にもし桜がなかったならば春の心はのどかであるだろうに）

と詠んでいます。桜がなかったらのどかであるとは、どういうことでしょう。実際は、桜があるから落ち着いていられないのですね。桜が咲く時期になると、もう咲いただろうかとそわそわし始めます。咲き始めた後では、風が吹いたり雨が降ったりすると、散ってしまうのではないかと気をもむのです。「桜がなかったら」と仮定することで、どれだけ桜を愛しているかを表現しているのですね。

また、平安時代の後期に活躍した歌人西行《さいぎょう》（一一一八〜一一九〇）も桜を愛したことで知られています。西行の歌は、新古今和歌集に、最も多い九十四首も採られています。その西行は、

願はくは花の下にて春死なむその如月《きさらぎ》の望月《もちづき》のころ

（願うことは、桜の花の下で死にたいということだ。釈尊が亡くなったという二月十五日の満月のころに。）

という歌を詠んでおり、その歌のとおり、陰暦二月十六日、釈尊入滅の日に亡くなったと言わ

れています。
花見は、現代でも多くの人が楽しみますよね。ところで「花を持たせる」という言葉を知っていますか」
K郎君「「人に功績を譲る」という意味だと思います」
R先生「そうだね。この言葉は、「花」の句を譲るという連歌のことから来た言葉と言われています。花の句を詠むというのは、名誉なことだったのですな」
S太君「じゃ、詠みにくいなあ」
R先生「今回は、そんなこと気にせず、どんどん出してください。前句の《きらめく川の岸あたたかし》から連想して花の句を詠んでください。川岸の桜をイメージするといいのです」
C美さん「川岸の桜がきれいな場所で、素敵な彼とデートしたいなあと思いました」
S太君「ははあ、H君のこと？」
皆が、C美さんに注目。C美さんは、頬を赤らめる。
C美さん「いやいや。想像の句よ。
《見つめ合ひ夢を語らふ花の下》」

R先生「いいですなあ。「見つめ合ひ」とあるから、恋の句としましょう。あたたかい川岸の桜の木の下で、恋をしている二人は、将来のことを話し合っているのですな。連歌は、実体験を詠んでもいいし、願望を詠んでもいい。大いに想像の世界を楽しみましょう。

春の句は二句続きました。もう一句は、春の句を詠む必要があります。恋句も続ける必要があるので、次は、春の句でなおかつ恋の句、さあどうですか」

Y男君「蝶が飛んできたという場面で考えてみました。

《蝶の飛びきて恋の始まる》」

R先生「なるほど、二人が語らっているところに、蝶が飛んできたのですね。二人を祝福しにやって来たのでしょうか。この恋は、どのように発展するのでしょう。うまくいくのか、いかないのか」

皆真剣に考え始めた。

R先生「ここで、初折の裏が終わったことになります。水無瀬三吟百韻の第十に続けて、今日は、十二句作ってもらいました。百句までまだまだありますね。四十四句詠む世吉《よよし》だと、半分終わったことになります。今日は切りのいいこの辺で終わりにしましょうか。

世吉にしても、百句詠む百韻《ひゃくいん》にしても、最後の句は七七の短句で終わることになります。その句を、挙句《あげく》と言います。「挙句の果て」という言葉がありますよね。「結局」という意味で使います。この言葉は、この連歌の挙句という言葉に由来しているのです。

さて、連歌の付け方は、だいたい理解できましたか。大切な点をもう一度確認しておきましょう。付句は、前句から連想して付けていくのですが、もう一つ前の句、打越《うちこし》と言いますが、その打越と内容が重ならないようにしなければなりません。新しい世界をどんどん詠んで元の世界に戻らないようにするということが大切なのです。ですから、同じ言葉を使わないようにしなければなりません。季節の句にも制限があり、変えていかなければならないのです」

K郎君「だいぶわかってきました。この続きは、いつしますか」

R先生「やる気が出てきたみたいだね。では、もう少し続けようか」

生徒の瞳は輝いた。

（なお、この連歌会は、筆者の体験に基づくフィクションです。）

初折裏

二　なれぬ住居《すまゐ》ぞさびしさもうき　宗祇　雑　居所
三　頼みにし君はいづこにおはすらん　C美　雑　人倫・恋
四　涙をこらへつづる恋文　K郎　雑　恋
五　垣間見し後には心ときめきて　B子　雑　恋
六　山に登ればほととぎす鳴く　Y男　夏　山類・動物（鳥）
七　夏休み厳しき暑さ続きたり　M香　夏
八　亡き人しのび寺に詣でむ　S太　雑　述懐・人倫・釈教
九　何もかも行き詰まりたる昨日今日　C美　雑
十　窓の外には冴ゆる月影　B子　冬　居所・光物・時分（夜）
十一　破れにし旅の衣を脱ぎ捨てて　K郎　雑　旅・衣類
十二　きらめく川の岸あたたかし　M香　春　水辺
十三　見つめ合ひ夢を語らふ花の下　C美　春　恋・植物（木）
十四　蝶の飛びきて恋の始まる　Y男　春　動物（虫）恋

第三章　連歌論を読む

中世に、連歌が盛んになるにつれて、どのように連歌を詠めばよいかということを綴った指南書や連歌書が書かれるようになります。当時、連歌がどのように考えられていたか、人々はどのようにして連歌の上達を図ったのかということを読みとってみましょう。

1　二条良基「連理秘抄」の一節─連歌の学び方

まず、二条良基《にじょうよしもと》の「連理秘抄《れんりひしょう》」の一節です。

二条良基（一三二〇～一三八八）は、南北朝時代の公卿です。初め後醍醐天皇に仕え、のち北朝の天皇に仕え、摂政、関白、太政大臣にもなります。連歌は救済《ぐさい》を師とし、ともに「菟玖波集《つくばしゅう》」を編纂して、式目を制定するなど、連歌の文芸的興隆を導いたことで知られています。連歌論書も多く著し、特に「筑波問答《つくばもんどう》」は、後世に大きな影響を与えました。「連理秘抄」は、貞和五（一三四九）年頃に書かれました。

今から読んでいくのは、連歌の学び方について述べた箇所です。なお本文は、岩波文庫『連歌論集　上』（伊地知鉄男編）所収のものを用います。

連歌は心よりおこりて、みづから学ぶべし。さらに師匠の教《おし》ふるところにあらず。常に好《この》み翫《もてあそ》びて、上手にまじるべし、如何《いか》にすれども、堪能《かんのう》に交《まじは》らざればあがる事なし、不堪のものにのみ会合して稽古せんは、中〳〵一向無沙汰なるにも劣《おと》るべし、

(連歌は、自分の心から自然と湧き上がってくるものに従い、自分から学ぶのが良い。決して師匠が教えるものではない。常に好み興味を持って作り、上手な人に交じるのが良い。どのようにするにしても、熟達した人に交じってしないと上達することはない。未熟な者だけで集まり稽古をするのは、かえって全くしないことにも劣るに違いない。)

「みづから学ぶべし」とあるように、まず積極性が大切なのですね。一つ一つ師匠に教えてもらうのではなく、座に連なって経験を積むことが大切だと述べています。上手な人に交じって回数を重ねることで理解も深まるということでしょう。

初心の程、殊《こと》に用心すべき事也《なり》、達者猶しばらくも辺土に隠居しぬれば、やがて連歌の損ずるはこの故《ゆへ》なり、夙夜《しゆくや》に好みて当世の上手の風体《ふうてい》を、彼等がする所の懐紙《くわいし》を見て、よく〳〵

心をとゞめ、詞をとりて風情をめぐらすべし、

（初心の間は、特に注意すべきことである。上手な者もやはり少しの間でも田舎に引きこもって生活していると、そのままずぐに連歌が下手になるのは、この理由によるのである。朝も晩も好んで、現在の上手な人の句の付け方を、彼らがおこなった連歌の懐紙を見て、よくよく習い、その中の言葉を用いて趣あるようにするのがよい。）

「夙《しゅく》夜《や》に好みて」とあるように、朝早くから夜遅くまで努力することが必要なのですね。また、「当世の上手の風体」を学び取ることが肝要なのです。どの分野もそうかもしれませんが、連歌は特に、熟達した人から学び取ろうという姿勢が重視されていたのですね。

只堪能に練習して座功をつむより外の稽古はあるべからず、その上《うへ》に三代集・源氏の物語・伊勢物語・名所の歌枕、かやうの類《たぐひ》を披見して有興（きょうある）さまにとりなすべし、言葉の幽玄は生《しやう》得《とく》の事なり、それも初《はじめ》より強《こは》き連歌に練習しぬれば、やがて詞荒くなる、幽玄なるに習《なら》へば、生得に不堪なる人も風体を得る也《なり》、

（ただ、熟練者について練習して、座に連なるという経験を積み重ねていくほか、稽古することができない。そうした上で、三代集・源氏物語・伊勢物語・名所の歌枕、このようなものを見て、趣深いように句を付けていくのがよい。言葉の幽玄は、生まれつきのものである。それも、はじめから堅い感じの連歌に親しんでしまうと、そのまま言葉は荒くなってしまう。幽玄な連歌に親しんで習うと、生まれつき下手な人も、趣深い連歌の姿を習得するのである）

熟達者に混じって練習して、座に連なる経験を重ねることの大切さを繰り返し強調しています。そして、古典を読み、学ぶよう説いています。「三代集」とは、古今和歌集、後撰和歌集、拾遺和歌集の三つの勅撰和歌集のこと。勅撰和歌集とは、天皇や上皇の命令によって編纂された和歌集のことです。連歌には、「源氏物語」「伊勢物語」の場面を詠みこむことがしばしば行われました。そのためにも、しっかりと読んでおくことが必要だったのですね。また、歌枕も知っておく必要がありました。「歌枕《うたまくら》」とは、古来、歌に詠まれ、親しまれた名所です。その地名を聞くだけで、その場所を詠んだ古歌が思い出されるような場所ですね。連歌を巻く際にも、名所《などころ》といって、具体的な歌枕を詠みこむことは、古歌を思い出させることができ、世界を広げるという点でも効果的だったのです。

また、言葉が「幽玄」であることも重視していますね。「こはき連歌」とは、優美さのない、武骨な言葉を使った連歌のことでしょう。趣深い連歌を詠むためには、優美な言葉を使う必要があるということですね。

初心の人殊《こと》に優しくおだやかに、具足《ぐそく》すくなく、するくとしたる句を、思ふところなく口軽《かろ》く付べし、この他努《ゆめ》く稽古に故実も口伝もあるべからず、

（初心の人は、特に、優しく穏やかに、連歌に詠みこむ素材を少なくし、さらりとした句を、考え過ぎずに、軽々と付けるのが良い、この他、決して稽古に先例も口伝もあるはずがない。）

初心の人は、どのように付けたらいいのだろうかとあれこれ考えがちですが、「優しくおだやかに」詠むことが大切だと述べています。また、具足、つまり素材を少なくするように述べています。確かに、初心の頃は、五七五または七七という短い句の中に、多くの素材を入れてしまいがちです。あまり、多くのことを詰め込まない方が良いのです。というのも、句材が少ない方が、それだけ想像させる要素が多くなり、展開しやすく、次の人が句を付けやすくなることもあるか

らだと思います。「するするとしたる句」というのは、技巧的ではなく、さらりとした句ということでしょう。技巧的な句が続くと、連歌の流れが滞ってしまいます。平凡な句、簡単に作ったような句、軽々と付けたような句、それらを「遣句《やりく》」と言いますが、連歌全体から考えると必要な句なのです。

2　宗長「連歌比況集」の一節―句の付け方・連歌会に参加する心構え

次に、宗長が書いた「連歌比況集《れんがひきょうしゅう》」を読んでみましょう。

宗長（一四四八〜一五三二）は、室町後期の連歌師。駿河国島田（現在の静岡県島田市）の出身で、宗祇に師事しました。

「連歌秘況集」は、さまざまなたとえを用いて連歌の作り方を指南している連歌論書です。岩波文庫『連歌論集　下』（伊地知鉄男編）に収録されていますので、それを用います。まず、百韻連歌を「掛け絵」にたとえて説明している話を読んでみましょう。

かけ絵

問云、百韻連歌は如何様《いか》のなりに続け侍るべきや、
（たずねて言う、百韻連歌は、どのような形で続けるのがよいのでしょうか。）

百韻連歌をどのように続けていくのが良いのかという、基本的な問いです。特に初心者は、連歌会で句を付けてくださいと言われても、どのように付けたらいいのか、とまどうことも多いと思います。気になる問いですね。宗長はどのように答えているでしょう。

答、例《たと》へば絵を掛並《かけなら》べたるが如《ごと》くにあるべし、絵を掛《か》くるには次《つぎ》〳〵に縁ある様《やう》に掛けねば見苦しき物也、謂《いは》ば、仏に菩薩の像を並べ、聖人に賢人を番《つが》はせ、山などに枯木並立て、名所書きたるには瀧水など落《おと》したる絵を掛《かけ》添へて山より水落たる心を持《もた》すべし、其の如《ごと》く、連歌も前句に寄合を離《はな》たずして、而《しか》も後に付《つけ》む句にも縁語広き様《やう》に思合《あはせ》てしつらふべし。百韻別〳〵の事ながら、詠みつゞくれば心詞《ことば》離れずして似付《につき》たらむこと可然《しかるべく》、縁にして前句に付《つく》る心も是に同じ、

（答え、たとえば、絵を壁に掛け並べてあるようにするのがよい。絵を掛けるには次々に関係があるように掛けないと見苦しいものである。言ってみれば、仏には菩薩の像を並べ、聖人には賢人を番わせ、山などに枯れ木が並び立っている名所を描いたものには、滝水など落としている絵を掛け添えて、山から水が落ちている心を持たせるのが良い、そのように、連歌も前句に寄合から離れないようにして、しかも後に付ける句にも関係のある語が多くあるように十分に考えて作らなければならない。百韻は、句のそれぞれは別々の事ではあるが、詠み続けると、前の句に詞や心が離れずにうまく調和するように付けなければならず、関連づけて前句に付ける心も、掛け絵と同じなのである。）

百韻を続けていくことを、掛け絵を喩えとして説明しています。掛け絵は、仏像の絵があれば菩薩像の絵を並べて掛けるのが自然であるように、句を付けるときに、絵をイメージして関連するものを付けていけば良いということでしょう。

「連歌も前句に寄合を離たずして、しかも後に付けむ句にも縁語広き様に思ひ合はせてしつらふべし」とあります。「寄合《よりあい》」とは、前句と付句とをつながりのあるものにする言葉や素材のことです。たとえば、「松」に「鶴」など、関連の深い言葉と言葉の関係を指します。室町時代には、「連珠合璧集《れんじゅがっぺきしゅう》」（一条兼良編）など、寄合集も編纂されました。そのように、言葉と言葉の関係を離れず、しかも後に句を付けやすいように配慮して付けていくのが良いと述べています。

後の句のことまで考えて付けるのはなかなか難しいのですが、まずは前句に合うように付けなければなりません。特に景色の句については、心に絵をイメージすると、句を作りやすいと言えるでしょう。絵にいろいろなものを付け足していくのです。前句が山の句であれば、その景色をイメージし、それに様々なものを描き加えていくように句を考えれば良いのです。川を添えても良いし、雲を描いても良いし、道の様子を描き加えても良いのです。

では、もう一つ「連歌比況集」の話を読んでみましょう。「堀」と「瘡」を喩えとして用いながら、連歌会に参加するときの心構えについて述べています。

堀瘡《ほりかさ》

水堀《ほり》の橋のなきを水に足を踏《ふみ》入て渡《わたる》は、やがて飛《とば》んとせんもさすが恐《おそろ》しくて時刻を移す人有《あり》。それをとびそんじて水に入《いり》なんと、思ひ切て飛《とび》ぬれば、飛《と》びすます事有《あり》、其《その》ごとくに連歌をも初心の時は人に笑《わら》はれなん、斯《かう》しては如何《いかゞ》あらむずらむと思ふ計《ばかり》にて年月を送《をく》らん

よりも、思ひ切て仕出《いだし》侍るべきもの也、
(橋のない堀を、水に足を踏み入れて渡る時は、そのまま飛ぼうとするのもさすがに恐ろしくて、何も出来ないまま時を移す人がいる。それを、飛びそこなって水に入るだろうと思いながらも、思い切って飛んでみると、うまく飛べる事がある。そのように連歌も初心の時は、きっと人に笑われるだろう、こうしてはどうなのだろうと思うばかりで年月を送るよりも、思い切って句を出すのがよいのです。)

連歌会では、その場で思いついた句を出さなければなりません。慣れないうちは、自分の句が、変な句なのではないだろうか、笑われるのではないだろうかと思ってしまい、ついつい臆してしまいがちです。しかし、参加しないまま時を過ごしてしまうのは勿体ないことです。

橋の無い堀を思い切って飛べば飛べるように、とりあえず参加して句を出してみれば、その楽しさを味わうことができるのだと思います。

又瘡《かさ》を掻《か》くにことならず、痒《かゆ》けれども若《も》し掻きたらば痛みやせんと恐れをなして、周《めぐり》などを柔《やわら》かに掻けども更に痒《かゆ》さ止《や》むことなし。思切て掻《か》ゝばと掻き破れば痒さもやむ也、稽古の上にもこの心あるべし、殊に連歌など心得ぬ事をも一度は仕出して見るべき事也、

（又、腫れ物を掻くことと同じである。痒いけれども、もし掻いたなら痛いだろうかと恐れて、腫れ物の周りをそっと掻いてみても全然かゆみが止まることがない。思い切って掻いてみてはと、掻き破ると痒さもなくなってしまうのである。稽古をする上でも、このことを心掛けておくべきだ。特に連歌など心得ないことをも、一度は句を出してみるべきなのである。）

同じようなことを、腫れ物を例にして述べています。腫れ物ができて、痒い時があります。そこを掻いたら痛いだろうと思って周辺をそっと掻いてみても痒みは治りません。そこで思い切って掻いてみると痒みはなくなるのです。

同じように、連歌会に参加する時、うまく詠むことができず、恥をかきたくないと思って二の足を踏むこともあるだろうと思いますが、思い切って参加し、句を出すと、恥ずかしさよりも楽しさが勝って、面白く感じられてくるのです。

3　里村紹巴「至宝抄」の一節―恋の本意

では、次に里村紹巴《じょうは》が著した連歌作法書「至宝抄《しほうしょう》」（「連歌至宝抄」とも。）の一節を読んでみましょう。本文は、岩波文庫『連歌論集　下』（伊地知鉄男編）所収本によります。

里村紹巴（一五二四〜一六〇二）は、織田信長や豊臣秀吉の愛顧《あいこ》を受けて活躍した連歌師です。「至宝抄」は、天正十四（一五八六）年、秀吉のために まとめたもので、実用的な面の強い連歌書と言えます。至宝抄では、特に「本意《ほんい》」について詳しく説明してあります。そもそも「本意」とは何でしょう。

> 又連歌に本意と申《まうす》事候《さうらふ》、たとへば春も大風吹《ふき》、大雨降共《ふれども》、雨も風も物静《しづか》なるやうに仕《つかまつり》候事、本意にて御座《ござ》候《さうらふ》。
>
> （また連歌に本意と申すことがあります。例えば、春も大風が吹き、大雨が降りますが、（春は）雨も風も、もの静かであるように詠みますことが、本意なのです。）

とあるように、「本意」とは、句に表現される対象の、もっともそれらしい性質やあり方のことです。「至宝抄」には、四季や旅の本意の後、恋の本意について具体的に書かれていますので、それを読んでいきましょう。

恋には、聞《きく》恋・見《みる》恋・待《まつ》恋・忍《しのぶる》恋・逢《あふ》恋・別《わかる、》恋・恨《うらむる》恋、其外《そのほか》さま〳〵御入《いり》候、いづれも人に恋《こ》ひらるゝやうには不仕候《つかまつらず》、
（恋には、聞く恋、見る恋、待つ恋、忍ぶ恋・逢う恋・別れる恋・恨む恋、其の外さまざまあります。いずれも人に思われるようには詠みません。）

さまざまな恋のあり方を示した後、いずれも、自分が思われるようには詠まないと指摘しています。自分が他人から好かれることを詠むのではなく、自分の恋する気持ちを詠むのですね。では、さまざまな恋について、「本意」はどのようなものなのか、見ていきましょう。

聞《きく》恋とはまだ見ぬ人を風の便《たより》に聞《きき》てより、起伏《おきふし》物思ひとなり、あらぬ便《たより》をたのみ、一筆をも伝へまほしく思ふ心也《なり》、
（聞く恋とは、まだ会っていない人を、風の便りに聞いてから、起きても寝ても恋しく思うようになり、

意味のないよるべを頼みに思い、一筆だけでも自分の気持ちを伝えたいと思う心です）

「聞く恋」とは、まだ会っていない人なのに、思いを募らせる恋なのですね。想像して理想化することもあっただろうと思われます。そうなると、自分の思いを伝えたくなるのです。

見る恋は、思はざるに道の辺《ほとり》にて輿《こし》車の簾《すだれ》の隙《ひま》より見初《そめ》、又さる家の蔀《しとみ》、几帳《きちやう》の蔭より仇《ほのか》に見、其俤《そのおもかげ》忘れずして、如何《いか》なるたよりも哉《がな》と思ふ心なり、

（見る恋は、思いかけず道の辺りで、輿や車の簾の隙間から見初めたり、又、立派な家の蔀や几帳の陰からちらっと見て、その面影が忘れられなかったりして、なんとか近づく手だてが欲しいなあと思う気持ちです。）

「見る恋」は、実際に、顔を見たあとに恋心を抱く時の気持ちですね。偶然、見かけてから好きになる、いわゆる一目惚れということでしょう。まだ話もしたこともないのに、その人の事が気になって仕方がない、面影が頭から離れず、何とかもっと親しくなりたいという気持ちが生じてくるのです。

待恋《まつ》は、年月契《ちぎ》りをきても何かと障《さは》りありて打過《うちすぎ》、又いつの夕《ゆふべ》必ずと頼めをく文の返しなど見侍りては、心もあくがれ、昨日今日かの日も暮《くら》しかね、一日の内に千年をふる心ちして待詫《まちわぶ》るに、折しも、荻《をぎ》の葉の音信《おとづれ》、花薄《すすき》のまねくをも君かと思ひ、夕暮《ぐれ》になれば、さらぬ顔にて門の辺《ほとり》に立《たち》やすらひ、尋常《よのつね》の衣《きぬ》にも空焼《そらだき》して更行《ふけゆく》をかなしみ、待宵《まつよひ》の鐘の音、あかぬ別《わかれ》の鳥は物の数にもあらずと詠み侍るも是也《これなり》、

（待つ恋は、長い年月約束をしていても、何かと差し障りがあって過ぎてしまい、また、いつの日の夕べに必ず（来ます）とあてにさせる、そんな手紙の返事などを見ましては、心もうわの空となって思い焦がれ、昨日今日、その日もじっとしておられず、一日のうちに千年がたつ気持ちで待ちわびていると、ちょうどその時、荻の葉が音を立てることや穂の出た薄が招いている様子などを見ても君が来たのかと思い、夕暮れになると、何でもない顔をして門のあたりに佇み、普段着にもお香をたきしめて夜が更けてゆくのを悲しみ、恋人を待っている宵の鐘の音をきくことの辛さを感じて、名残惜しい別れの朝に啼く鳥の声は、（この待つ宵の辛さに比べると）たいしたこともないと歌を詠みますのも、これなのです。）

「待つ恋」ともなると、恋する気持ちが、より強いものとなってきます。約束をしたにも関わらず、差し障りがあってずっと会えない辛い気持ち。そして何年も待ち続けて、やっと結ばれる、その時を待ちこがれる気持ちですね。荻の葉の音や風になびく薄に、恋人が来たかと思ってしまうほど、待ちわびているのです。しかし、夕暮れになっても君は来ない。何気ない顔をして門のあたりに出て待つことになります。「さらぬ顔」（何事もないような顔つき）をしているのがいじらしく感じられます。夜が更けていくと、裏切られたことを認めなければならず、その悲しみはいかばかりでしょうか。

「待つ宵の鐘の音」「あかぬ別れの鳥の音」という言葉は、小侍従の次の歌を踏まえています。

待つ宵に更け行く鐘の声聞けばあかぬ別れの鳥はものかは（新古今集・恋）

（恋人の訪れを待っている宵に、夜が更けてゆくことを知らせる鐘の音を聞くと（辛くて仕方がなく）、暁に恋人との名残惜しい別れを促す鶏の声を聞くつらさなど、問題になりましょうか。いやたいしたことはありません）

このように、恋人を待つ時の辛さを詠むのが「待つ恋」の本意ということですね。決してうきうきした期待感ではないのです。

忍恋《しのぶる》は、故ある人に云《い》ひよりて、凡《をよ》そ其《その》人も心解《とけ》つる折から、人目しげく世の聞《きこ》え憚《はばかり》、夜な〳〵行通《ゆきかよふ》も、人に怪《あやし》められて立帰《たちかへ》る風情《ふぜい》、又一筆の文にも憂《うき》名もれんと思ふ心、忍恋也、（忍ぶ恋は、由緒ある人に言い寄って、だいたいその人も心を開いて打ち解けたものの、他人の目がわずらわしく、世間のうわさを憚り、毎晩行き通っていても、人に怪しまれて帰る時の風情や、また一筆の手紙にも、色恋の評判が漏れるだろうと思う心が、忍ぶ恋なのです。）

「忍ぶる恋」とは、包み隠す、秘密にする恋ですね。相手によっては、他の人に知られてはまずい恋もあるのです。噂になっては大変な場合、逢いたいけど逢えないという辛い状況にもなるのでしょう。

又、逢恋《あふ》は、年月の思ひの末をとげ、今夜は辺《あたり》の人を静め燈ほそぐ〳〵とかゝげ置《おき》、閨《ねや》の中をもよしある様《さま》につくろひなし、待つ折しも月杳《ほの》かなるに、小《ちいさ》き童《わらは》を先立《さきだて》て妻《つま》戸の脇にたちやすらへる衣の袖を引《ひき》、閨の中へ誘《いざな》ひ入《いれ》て、まだうちつけなれば互ひに恥《はぢ》かはし、盃《かはらけ》など取りあへず、打伏《うち》す小莚《さむしろ》の上に枕を並べながら、まだ下紐《ひも》ゝつれなかりしを、菟角《とやかく》と云《い》ひよりて、いよ〳〵心も打解《うちと》くまゝに、私語《さゝめごと》あさからぬ情《なさけ》思ひやるべし、

（また、逢う恋は、長年抱き続けてきた思いをやっと遂げ、今夜はあたりの人を静め、燈火を少しかかげて、寝室の中を趣深く感じられるように整え、待っている、ちょうどその時、月がほのかに照らしている中を、召し使いの小さな子どもを先に立たせ、妻戸の脇に佇んでいるその人の衣の袖を引っ張り、寝室に誘い入れて、まだ急なことなので、互いに恥ずかしがって、盃なども取らないまま、打ち伏せる莚の上に枕を並べながら、まだ下紐もそのままであったのを、あれこれと言い寄って、いよいよ心も打ち解けるままに、ひそひそ話をする、その浅くはない情愛を思いやるべきです。）

「逢ふ恋」とは、結ばれる恋のことです。結ばれる喜びよりも、結ばれる前の恥じらいや少しずつ打ち解けていく過程などに焦点が当てられているようです。

別恋《わかるる》はたまたま問《と》ひくる人も宵《よひ》には余所目《よそめ》をしのび、更《ふけ》はつる頃《ころ》ほひに会逢《あひあ》ふ契《ちぎり》なれば、やがて別れん事を悲しみ、秋の夜の千夜を一夜になして寝《ぬ》るともあくまじきよしを云ひ語り、鳥の声鐘の音の明《あけ》ぼのを急ぐ事を恨み、今宵別《わかれ》て又何時《いつ》あひ見ん事もおぼつかなく、袖の涙せきあへぬ儘《まゝ》に、やう〳〵月も入《い》り方《がた》になり、東雲《しのゝめ》の雲心細く引《ひき》別るゝまゝ、力なく衣々《きぬぐ〳〵》のあとを慕《した》ひ見送り侍《はべり》て、又ねの夢の面影も儚《はか》なく心ならざる後の朝《あした》の体《てい》、誠に言の葉も及ばざるべし、

（別れる恋は、たまに訪ねてくる人も、宵の間は他人の目を避け、夜がすっかり更けた頃に、契りを結ぶので、すぐに別れることを悲しみ、秋の長い千夜を一夜のようにして寝たとしても、飽き足りない旨を語り合い、鳥の声や鐘の音があけぼのを急がせるようなのを恨み、今宵別れてまたいつ逢うことができるかもはっきりと定めがたく、袖の涙もせきとめてこらえることもできないままに、次第に月も沈む頃となり、夜明けの雲が心細く別れていくように、二人も別れて、恋人が立ち去ったあとを、力なく慕い見送りまして、ふたたび寝るときの夢に見る面影もはかなく感じられ、不本意な別れの後の朝の様子、まことに言葉も及び難いことでありましょう。）

「別れる恋」は、明けがた、名残惜しい気持ちを抱いたまま別れていかなければならない辛さが本意と言えるでしょう。

いわゆる「衣々《きぬぎぬ》の別れ」ですね。男女が共に寝た翌朝、脱いで重ね掛けておいた各自の着物を着て別れるので「衣々の別れ」と言うのです。古今集に、

しののめのほがらほがらと明けゆけばおのがきぬぎぬなるぞ悲しき

（夜明け方、ほのぼのと明けて行くと、それぞれの着物を着て別れていくことが悲しいことよ）

という「よみ人知らず」の歌があります。この歌に通じるものがあるでしょう。

恨《うらむる》恋は、殊更品《ことさらしな》多きにや、先常《まづ》〱契《ちぎ》りをく中も人の云《い》ひなしにより絶《たえ》はつる事を恨み、又は我よりまさる人に移《うつろ》ひぬるを世の中の事《れい》として、斯《か》くこそあるものなれと数ならぬ我《わが》身を恨むる計《ばかり》なり、或《あるひ》は比翼連理を契りし中も空《むな》しく成《なり》し後は、ながき恨《うらみ》の言葉を列《つらね》、或《あるひ》は二《ふた》道《みち》かくる人は互ひの恨《うら》みやむ事なし、又起伏《おきふし》、添《そ》ひなるゝ中にも、少しの節《ふし》をいひ出し恨《うらむ》る事あり、又は余りつれなき人を恋ひて空《むな》しくなる人は、其の怨念《をんねん》を残して物気《もののけ》となり、其《その》心を悩ます事多し、此外《このほか》、事にふれ折に随《したがひ》て恨みの数、さら〱申尽《まうしつく》すべからざるもの也、

（恨む恋は、特に状況の違いが多いのでしょうか、まず、つねづね約束していた二人の仲も、他人の言葉によって、すっかり途絶えてしまうことを恨む（ことがあり）、または、自分よりも勝っている人に、恋人の心が移っていったのを、男女の仲の例としてこのようになるものだと、取るに足りない我が身を恨むばかりだ（ということもあります）、あるいは、比翼連理の愛を約束した仲も、別れたあとは、長い恨みの言葉を連ね、あるいは二股をかけていた人は、お互いの恨みは終わることがありません。また、起きても寝ても一緒にいることに慣れた仲でも、ちょっとしたことを言い出して、恨むこともあります。または、あまりにつれない人を恋しく思いながら死んでしまった人は、その怨念を残して物の怪《け》となり、その心を悩ませることが多くあります。この他、事にふれ折に従って、恨みの数は、決して申し尽くすことができないものなのです。）

「恨むる恋」は、いろいろなケースが考えられます。

文中にある「比翼連理《ひよくれんり》」とは、比翼の鳥と連理の枝のこと。比翼の鳥とは、中国の想像上の鳥で、雌雄とも一目一翼で、常に一体となって飛ぶ鳥です。連理の枝とは、一つの木の枝が、他の木の枝とつながって一つになっている枝のこと。いずれも、男女の契りの深いことの喩《たと》えとして使われる言葉です。唐の詩人である白居易《はくきょい》（字《あざな》は楽天）の「長恨歌」という漢詩に「天に在りては比翼の鳥となり、地に在りては連理の枝とならん」という一節があります。

末永く一緒にいようと約束したにもかかわらず、別れることになった場合、そこに恨みの感情がふつふつと湧き上がってくるのですね。恋しい気持ちが強ければ強いだけ、その反動で、恨みの気持ちが強いものとなるのでしょう。

以上、さまざまな恋について、本意が具体的に書かれていました。まだ見ぬ恋から、結ばれて別れる時の恋、その後の恨みの恋と時系列に説明してありました。

いずれにせよ、恋の本意とは、その喜びや素晴らしさではなく、「辛さ」にあるように思われます。

恋は、人生においてもっとも大切な事柄の一つであり、多くの和歌に詠まれました。万葉集では「相聞」という部立《ぶたて》が設けられ、『古今集』以降、勅撰和歌集では「恋歌」という部立が設けられたのも、「恋」が重視されてきたことを示しているでしょう。

そして、連歌においても重要なこととして、恋の句が詠まれてきました。特に恋の辛さは、多くの人の共感を呼ぶ内容だったと考えられるのです。

第四章　連歌の禁制──会席廿五禁制之事

連歌の禁制として「会席廿五禁制之事」というのが伝わっています。禁制が示されているということは、そのようなことが連歌の座で起こりがちであったことを表していると考えられます。江戸末期の連歌書「連歌初心抄」（『連歌法式綱要』岩波書店　所収）に掲載されている項目を見てみましょう。

（下の写真は架蔵している『連歌道のしをり』で、会席廿五禁制之事に注が加えられています。）

一　難句之事
一　高雑談之事
一　あくび眠之事
一　大食大酒之事
一　禁句之事

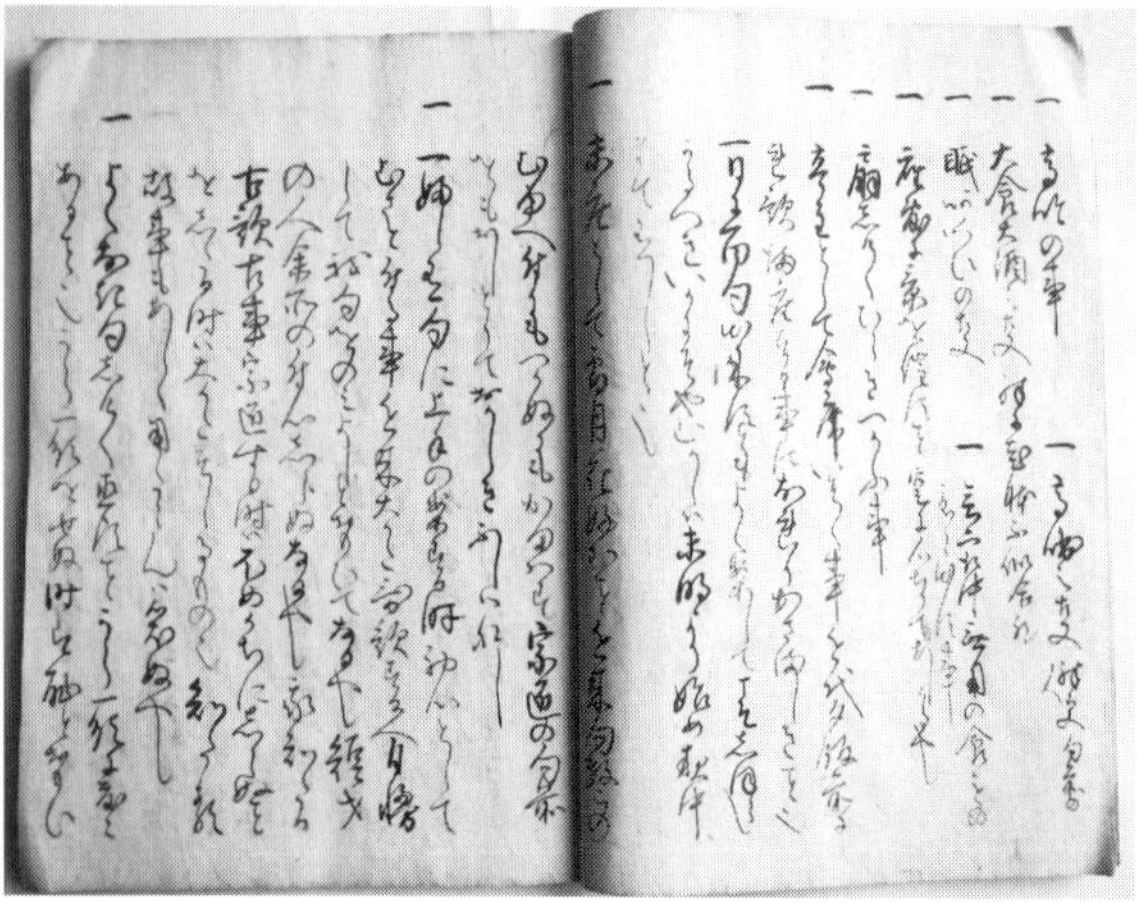

一　高吟之事

一　遅参之事

一　連歌低く出して執筆に問《とは》るゝ事

一　扇開きつかふ事

一　座敷しげく立事

一　礼事

一　為二末座一好二月雪花一事

一　人の句を出すとき隣坐にて私語事

一　一ふしある句を上手案ずる時、初心として付る事

一　座敷催二景気一事

一　為二亭主一会席急事

一　人の句を出す時、音曲の様に声をして出合にもてなし、礼の間に句を作る事

一　其の主に不二似合一句之事

一　用意なき食物細々出す事

一　執筆を越て指合くる事
一　人の句をさし合くりて我句をとむる事
一　能もなき連歌しげく直す事
一　我句に人の句付ぬ内立事
一　句を出しかけて末を案じて付る事
一　我が句を忘て吟ずる事

まず、「難句之事」…付けるのが難しい句。前句の内容が難しい場合もあるでしょうし、付けにくい句の場合もあるでしょう。わかりやすく、それでいて、次の人が付けたくなるような句を詠みたいものです。

次は、「高雑談之事」…「高雑談《たかぞうだん》」とは、声高にとりとめのないむだ話をすること。連歌会は、しーんと静まり返ると句を出しにくくなるので、多少の雑談はあった方が和気藹々とした雰囲気でいいかと思います。しかし、大声での雑談は耳障りになります。句を考えている人の邪魔にならないよう配慮が必要です。

「あくび眠《ねむり》之事」…早く詠んだ人が句を付けていく「出勝《でがち》」ではなく、一巡をする時や、順番が決まっている「膝送り」の時は、自分が句を詠み終わると、次の順番までしばらく待つことになります。他の連衆から、なかなか句が出てこない場合もあり、そんな時は手持ち無沙汰になって、あくびをしたり居眠りをしたりする者もいたのでしょう。順番が回ってきて、句を詠まなければならない人は必死なのですが、そうでない人は退屈な場合もあるのです。しかし、あくびや居眠りは失礼ですよね。

「大食大酒之事」…飲み食いしながら連歌に興じることもあったようです。現代の連歌でも、お菓子などをつまみながら連歌をすることはよくあります。ただ、お酒を飲み過ぎて酔っぱらってしまったり、大食いをしたりすると、ほどよい緊張感もなくなり、座の雰囲気も悪くなってしまうでしょう。

「禁句之事」…「禁句」とは詠んではいけない句や、連歌にふさわしくない言葉を含んだ句のこと。人を不快にさせる句や、人を傷つける句、下品な句などでしょう。雅《みやび》な言葉を使いたいものです。

「高吟之事」…「高吟」とは、大きな声で節をつけるように吟じること。句を出すときの声は、あまりに大き過ぎるのもよくないのでしょうね。

「遅参之事」…何事も遅刻することは、よくないことです。連歌も然《しか》り。他の連衆の迷惑になります。この項目が立てられているという事は、遅刻する人がいたということでしょう。

「連歌低く出して執筆に問《とは》るゝ事」…句を出す時の声が小さく、執筆《しゅひつ》から何と言ったのか、聞き返されること。執筆は、出された句が式目に障っていないか確認をするので、正しく聞き取る必要があります。ですから、句を出す人は執筆に正確に聞き取ってもらえるように、はっきりと声に出さなければなりません。

「扇開きつかふ事」…扇は、開いたり閉じたりする時にパタパタ音が出ますよね。普通に使うのであればいいのでしょうが、わけもなく音を立てるのは、せわしく感じられるので、嫌がられたのだろうと思います。

「座敷しげく立《たつ》事」…「しげく」とは、頻繁にという意味。大した用もないのに、座を立ったり、座ったりする人が目に浮かびます。落ち着きがない人なのでしょうか。腰を据えて連歌に集中したいものです。

「礼事《れいの》」…「礼」とは、挨拶のこと。礼儀として挨拶は大切なのですが、連歌会が始まっているのに、遅れてくる人もいて、そんな時大きな声で挨拶を交わす人もいたのでしょうか。連歌会の進行を妨げるような挨拶は慎むようにということかと思われます。

「為二末座一好二月雪花一事（末座として月雪花を好む事）」…「末座」とは、末席に座る人のことで、まだ、初心者か、慣れていない人のことでしょう。「月雪花」は、連歌の中でも重要な句材と言えます。特に「花」は「花を持たせる」という言葉もあるように、客人や貴人が詠んだようです。ですから、初心者などは、遠慮すべき句材と考えられたのでしょうね。

「人の句を出すとき隣坐にて私語事」…「私語」は、「ささめきごと」と読んで、ひそひそ話を意味します。句を出す人の隣で、ひそひそ話をすると、自分のことを話しているのか気になります。特に隣の人には、配慮が必要なのです。

「一ふしある句を上手案ずる時、初心として付る事」…「一節」とは、他と違った、気の利いたところのある句のことでしょう。熟達者が、その付句を深く考えている時、初心者が、安易に何でもない句を先に付けてしまうことを戒めていると思われます。熟達者への配慮ということでしょうか。

「座敷催二景気一事（座敷に景気を催す事）」…連歌用語として「景気」は、興趣を感じさせる風景や景色をいう場合が多くあります。しかし、ここでは、戒めの内容ですから、「座敷」に過剰な趣向を凝らそうとすることでしょう。

「為二亭主一会席急事（亭主として会席を急ぐ事）」…「亭主」とは、連歌会を用意する人のこと。「会席を急ぐ」とは、会の進行を急がせることでしょう。あまり遅くまでかかってしまうと、その後の片づけも遅れてしまうので、急がせたくなる気持ちもわからないではありませんが、良い句を連ねるためには、落ち着いて句作できるよう配慮することが大切なのでしょうね。

「人の句を出す時、音曲の様に声をして出合にもてなし、礼の間に句を作る事」…「出合」とは、同時に句を出すこと。ある人が句を出すとき、音曲のように普通とは違う声で、同時に句を出し、挨拶をしている間に自分の句を作ることでしょう。同時に句ができるのは、よくあることです。自分の句を採択してもらいたいという気持ちは誰もが抱くでしょうが、譲り合いの精神も持ちたいものです。

ついでながら、「出合遠近《であいえんきん》」という言葉があり、同時に付句が出た場合、懐紙の句の並びにおいて遠い方の作者を優先することがありました。

「其の主に不二似合一（似合はざる）句之事」…作者に似合わない句。若者が、老人の立場で句を詠むようなことでしょうか。連歌は虚構を楽しむ文芸です。現代連歌では、気にせず、いろいろな立場で句を作っても良いように思います。

「用意なき食物細々出す事」…「用意」とは、この場合、心づかいのことでしょうか。特に心づかいなく、食べ物を頻繁に出すことは、会の進行を妨げることになるのでしょう。

「執筆を越《こし》て指合くる事」…「指合《さしあい》」とは、同種・類似の語を、規定以上に近接させたり何度も用いたりして式目に抵触すること。それを指摘するのは、宗匠の補佐役である執筆の仕事であり、執筆以外の連衆が指摘することは差し控えるべきだというのです。執筆が指摘する前に、連衆が気づく場合もあると思われますが、口に出さずに控えておくのがマナーなのでしょうね。ただ、執筆が、まだ慣れていない場合など、見落とすこともありますので、その時は、次の句が付く前に、早めに指摘しておいた方がいいでしょう。

「人の句をさし合《あひ》くりて我《わが》句をとむる事」…人の句の指合（式目に抵触している点）を指摘しておいて、自分の句を採択してもらうようにすることでしょう。他人の句の難点を指摘し、自分の句を優先させるようなのは見苦しいことですね。

「能《よく》もなき連歌しげく直す事」…特に取り柄のないような句を取りあえず出しておいて、後で何度も作り直そうとすることも、嫌がられたようです。後で直さなくてもいいように、納得のいく句を出す必要がありますね。

「我句《わが》に人の句付《つけ》ぬ内《うち》に立《たつ》事」…句を出して採択された後、その自分の句に他の連衆が句を付けるのですが、まだ、句が付かないうちに、その場を立つことを戒めているのです。自分が詠んだら終わりではなく、句を付けてくれるまでは、じっと待っておくことがマナーとしてあったのでしょうね。現代の連歌会でも、自分の句を鑑賞して他の連衆が句を考えてくれているのですから、やはり、付くまでは待っておきたいものです。

「句を出しかけて末を案じて付《つく》る事」…句が最後までできていないのに、句ができたようにふるまい、その間に句を考えて付けるということでしょうか。早く詠まなければ先を越されてしまうということがあるからでしょうが、作り終えていないのに句を出すのは、よくないことですね。

「我《わが》句を忘て吟ずる事」…句を出す時に自分の句を忘れてしまってはいけません。句がひらめいて、できたと思って句を言おうとすると、つい忘れてしまうということは、現代連歌でも時々あります。やはり、メモしておくことも大切なのでしょうね。

連歌は座の文芸ですので、他者への配慮が求められたということがわかります。現代の連歌にも当てはまることが多いので、心にとめておきたい事項です。

なお、『文芸会席作法書集―和歌・連歌・俳諧―』（廣木一人・松本麻子・山本啓介　風間書房）に、この廿五禁も含めて連歌作法に関する記事が収録されています。詳しい語注もあり、大変参考になります。

第五章　読本「絵本太閤記」に描かれた連歌—愛宕百韻

この章では、連歌を巻く場面が描かれている「絵本太閤記」の一節を読むことにします。明智光秀（一五二八～一五八二）が、本能寺で謀叛《むほん》を起こす前に、愛宕山で連歌を巻く場面です。この時巻かれた連歌は、「時は今あめがしたしる五月哉」という発句で始まる、いわゆる「愛宕百韻」として知られています。

「絵本太閤記」は、江戸時代に刊行された読本《よみほん》。作者は、武内確斎で、絵は岡田玉山が描いています。豊臣秀吉の一代記で、作者の創作も加わっています。下に掲げたものと九七頁の写真は、架蔵の「絵本太閤記」。大正時代に刊行された有朋堂文庫に活字化されていますので、その本文を使用します。

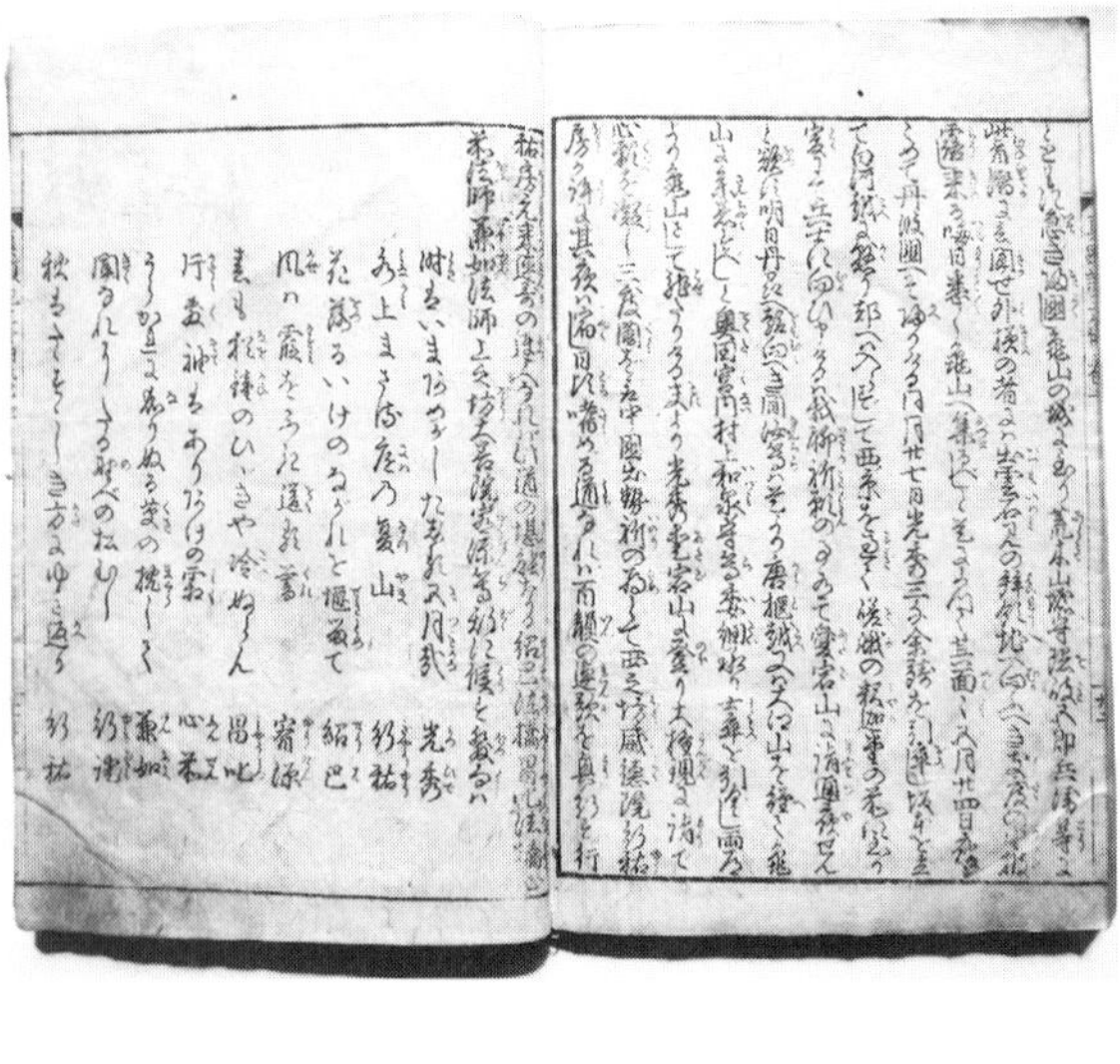

なお、「愛宕百韻」については、『新潮日本古典集成　連歌集』（島津忠夫校注　新潮社）に、全句が注釈付きで収録されています。また、勢田勝郭氏が、その後の研究をふまえて新たな注解を示されています（「『愛宕百韻』の注解と再検討」『奈良工業高等専門学校研究紀要』第55号二〇二〇年）。

さて、読むのは、三篇巻の七にある「光秀愛宕山に於いて連歌」と題する章の一節。信長に恨みを抱いた明智光秀は、謀叛を起こすことを決意し、亀山に集まるよう家臣に下知。そして愛宕山へと向かいます。愛宕山は、現在の京都市右京区の北西部、当時は山城国と丹波国の国境に位置していた山です。

夫《それ》より光秀愛宕山《あたごさん》に登り、大権現《だいごんげん》に詣《まう》で、心願を凝《こら》し三度鬮《くじ》を取り、中国出勢祈《いのり》の為《ため》とて、西之坊《にしのばう》威徳院《ゐとくゐん》行祐房《ぎやういうばう》が許《もと》に其夜は宿《しゆく》し、日頃嗜《たし》める道なれば、百韻の連歌を興行《こうぎやう》す。行祐《ぎやういう》房元来《ばうもとより》連歌の達人なれば、此道の堪能《かんのう》なる紹巴《ぜうは》法橋《ほつけう》、昌叱《しやうしつ》法橋《ほつけう》、心前《しんぜん》法師《ほふし》、兼如《けんによ》法師《ほふし》、上之坊大善院宥源《いうげん》等《ら》斯《こ》に候《こう》す。発句《ほつく》は、

時はいまあめがしたしる五月哉《さつきかな》　光秀
みなかみまさる庭の夏山　行祐

花落つるいけの流《ながれ》を堰《せ》き留めて　紹巴
風はかすみを吹き送る暮《くれ》　宥源
春も猶《なほ》鐘のひゞきや冷《さ》えぬらん　昌叱
片敷《かたし》く袖はありあけの霜《しも》　心前
うらがれに成りぬる草の枕して　兼如
聞《きき》なれにたる野辺《のべ》の松虫《まつむし》　行澄
秋はたゞすゞしき方にゆき返り　行祐
尾上《をのへ》の朝気《あさけ》夕ぐれのそら　光秀
色も香《か》も酔《ゑひ》をすゝむる花のもと　心前
国々はなほのどかなる時　光慶《みつよし》

右面《おもて》十句末《すゑ》の句は是を略《りやく》す。此会《くわい》光秀の十六句あり、名残《なごり》のはなは、執筆は光秀が臣東《しんとう》六郎兵衛行澄《ゆきずみ》とて、東野州常縁《とうのやしうつねより》が後胤《こういん》にして、倭歌《わか》連歌の達人なり。光慶とは、光秀が子明智十兵衛が事なり。挙句《あげく》光秀が句なれども、態《わざ》と光慶と記《しる》せり。発句《ほつく》に、ときは今と置き、挙句《あげく》に、のどかなる時と留《とめ》しは、光秀旧《もと》土岐《とき》の正流なれば、苗字《めうじ》を時季《じき》に准《なぞら》へ、今度の本意をのべて、天下を治め、四海《かい》四つの時長閑《のどか》なるの心を祝《しゆく》し、斯くはつらね作りたり。紹巴法橋、才智明敏《さいちめいびん》の者なりければ、是等の句体《くてい》にて光秀が叛心《ほんしん》をさとり、天下の大奇《だいき》事《じ》出来《でき》ぬらんと、独《ひとり》心に思ひ居《を》りける。其夜連歌終りて後《のち》、紹巴等《ら》皆光秀が次の間に席を設け、並び臥《ふし》たりけるが、光秀は更《さら》に眠《ねむり》もやらで、終夜《よもすがら》思惟《しゆゐ》の余《あま》りにや、嗟嘆《さたん》する事三五声《せい》、障子の次に臥《ふし》たりし紹巴法橋甚訝《いぶか》り、「何事に候ぞ」と問《とひ》しかば、光秀大に驚きけるが、態《わざ》と叱《しかつ》て、「汝等小輩《なんぢらせうはい》争《いかで》か大人の心を知るべき。黙《もく》して睡《ねぶる》べし。」と云ふ。紹巴再び言語《ものいは》ず。程なく東の空もしらみて、世はほの〴〵と明《あけ》にける。二十八日の暁《あかつき》に、光秀再び大権現に詣で、良久《やゝ》しく礼拝《らいはい》し、やがて黄金《わうごん》五十枚、鳥目五百貫を奉献《ほうけん》す。かつ又西之坊に金五十両、亭坊に同拾両、其外連歌司《れんがし》紹巴、昌叱、心前、兼如、大善院等に又金拾両宛《づつ》を与へ、愛宕山中《さんちう》へとして鳥目二百貫を寄附しければ、よろこぶ事限りなし。さて人々に暇《いとま》を告げ、丹州の亀山へぞ赴きける。

光秀の詣でた大権現は愛宕神社のこと。神社に詣でて「三度鬮を引き」とあります。「中国出勢祈《いのり》の為《ため》とて」とあり、表向きは西国出兵の戦勝祈願ですが、実際は、信長を撃つことの成功を祈願し、占ったのではないかという書き方です。西之坊威徳院行祐房のもとに、その夜は宿泊。行祐房は、連歌の達人。同じく連歌の「堪能」である「紹巴法橋、昌叱法橋、心前法師、兼如法師、上之坊大善院宥源」たちもここに伺候しました。「堪能」とは、深くその道に通じ、すぐれている人を意味します。

では、その連歌を見てみましょう。参考までに各句の説明の最後に、該当する句材について記しておきます。

まず、発句。

時はいまあめがしたしる五月哉《かな》　　光秀　夏

季語は「五月《さつき》」ですね。夏の句になります。「かな」と切字もあります。「あめ」は、「天」と「雨」を掛けていると思われます。「知る」には、「治める」「統治する」という意味があるので、「雨が降っているちょうど今、天下のことを治めることになった五月であるなあ」という感慨を詠んでいると考えられます。

では、誰が天下を治めるのでしょうか。光秀が土岐《とき》氏一族であるので、自分が天下をとるのは今だという決意を詠んだのだという解釈が行われてきました。果たして、光秀はどういう意図でこの句を詠んだのでしょうか。

愛宕百韻が巻かれた日を、「絵本太閤記」は、二十七日としています。しかし、新潮日本古典集成『連歌集』の「愛宕百韻」の底本である静嘉堂文庫蔵『連歌集書一七』の端作《はしづく》りには、二十四日と書かれています。「端作り」とは、懐紙の初折表の右端に記された張行年月日、場所のこと。続群書類従本は二十七日、「信長公記」は、二十八日としています。

いずれにしても、本能寺の変を起こすのが、六月一日ということを考えると、事前に謀反を起こすことを表明するのは、かなり不自然です。謀叛を企てていることが信長方に伝わってしまうと、事前に防がれてしまうことになるからです。

京都大学蔵平松本や続群書類従本は、「ときは今あめがしたなる五月かな」となっており、その形だとすると「ちょうど雨が降っている五月であるなあ」という五月雨の情景を詠んだ句になります。勢田勝郭氏が前掲の論考で延べられているように、この形がもともとの句形であったように思います。句材は、雨が「降物」です。

時はいまあめがしたしる五月哉
みなかみまさる庭の夏山　　行祐　夏

脇句は、発句と同じ季を詠み体言止めにします。「夏山」と、夏の季語を詠みこんでいることを確認しましょう。「みなかみ」は「水上」で水の流れの上の方。前句の「あめ」を「雨」ととり、水かさがまさっているとしました。先ほど、「ときは今あめがしたなる五月かな」という句形も伝わっていることをを述べましたが、その形の方が脇句とうまく付く感じがします。「夏山」は、庭の山ですから、築山《つきやま》のようなものを想像すると良いでしょう。水辺。居所。山類。

なお、脇句を詠んでいるのは行祐であることに注目して下さい。「西之坊威徳院行祐房が許に其夜は宿し」とあるように、行祐は連歌会が開かれている場所の主人ですね。連歌には「客発句脇亭主」という作法があり、客人が発句を詠み、迎える側が脇句を詠むという作法がありました。

みなかみまさる庭の夏山
花落つるいけの流《ながれ》を堰《せ》き留めて　紹巴　春

花が散り落ちて、池の流れを堰き止めた結果、水の嵩《かさ》が増したという内容になりました。第三句は、この句のように「て」留めが一般的です。連歌で「花」と言えば桜を指します。春の句になりました。いわゆる季移りです。「花」は、連歌では特別に大切なものとされており、各折の裏の第十二で詠むことが多いのですが、引き上げています。散る花が水をせきとめるという発想は「散る花にせきとめらるる山川のふかくも春のなりにけるかな（散る花にせきとめられている山川の水の流れが深くなるように、春も

深くなったことだなあ）」（大中臣能宣朝臣・詞花和歌集）という和歌にも見られます。この句を詠んだ里村紹巴は、当時の有名な連歌師。第三章で紹巴の連歌論を取り上げました。当時紹巴は、連歌界の指導的な立場にいました。植物（木）。水辺。

花落つるいけの流を堰き留めて
風はかすみを吹き送る暮《くれ》　宥源　春

「かすみ」が春の季語。霞を吹き送る風によって、花も散り落ちたのでしょう。霞が消え去り暮れ方になりました。次第に暗くなっていきます。聳物《そびきもの》。時分（夕）。

風はかすみを吹き送る暮
春も猶《なほ》鐘のひゞきや冷《さ》えぬらん　昌叱　春

春ではありますが、まだ春浅い時期なのでしょう。風が吹いており、また、暮れ方なので、鐘の音も冷え冷えとしているだろうと推し量っています。作者の里村昌叱は連歌師で、妻は紹巴の娘です。

春も猶鐘のひゞきや冷えぬらん
片敷《かたし》く袖はありあけの霜《しも》　心前　冬

有明とは、夜が明けても、まだ空に残っている月のこと。月が空に残ったままで夜が明けようとする頃も意味します。袖が霜で濡れているのでしょう。朝の寒さで鐘の響きも冷え冷えとしているということになります。霜は冬の季語なので、季移りしました。

「鐘」と「霜」は寄合《よりあい》（特定の関連語）です。代表的な寄合書である『連珠合璧集《れんじゅがっぺきしゅう》』に、「鐘トアラバ…なる　つく　ゆふべ　あかつき　寺　ひゞき　こゑ　霜（以下略）」とあることからわかります。

「片敷く袖」はひとり寝の袖。「思ひやれ須磨のうらみて寝たる夜のかたしく袖にかかる涙を（思いやって下さい。わびしい須磨の浦ではないが、あなたを恨みながらひとり寝る夜の袖に落ちかかる私の悲しみの涙を)」(大宰大弐長実・金葉和歌集)の歌にあるように、ひとり寂しく寝ている状況を想像させます。袖が濡れているのは、霜のせいだと詠んでいますが、悲しみの涙のせいかもしれません。

なお、式目に「同字五句去」ということがあります。同じ字は五句をあけなければ使えないというルールです。発句に「五月」という言葉があり、「月」という字を使用していますので、ここでは「月」という字を使わずに月を詠んだと考えられます。衣類。時分(夜)。降物。

片敷く袖はありあけの霜
うらがれに成りぬる草の枕して　兼如　秋

「末枯《うら》れ」とは、秋の末に草の葉先から枯れること。秋の季語です。「草の枕」は、草を結んで枕にして野宿すること。野宿しているので、袖に霜も降りたという付け。兼如は猪苗代家の連歌師です。植物(草)。旅。

うらがれに成りぬる草の枕して
聞なれにたる野辺の松虫　　行澄　秋

野宿を重ねる旅を続けた結果、野辺の松虫も聞きなれてしまった。松虫が秋の季語。動物（虫）。

聞なれにたる野辺の松虫
秋はたゞすゞしき方にゆき返り　　行祐　秋

松虫に涼しさを感じているのでしょう。「涼し」だけだと夏の季語になりますが、「秋」とはっきり述べているので、秋の句となります。

秋はたゞすゞしき方にゆき返り
尾上《おのへ》の朝気《あさけ》夕ぐれのそら　　光秀　雑

尾上とは、山の峰や頂のこと。「朝け」とは、朝早く、東の空の明るくなるころ。秋の涼しさは、山の峰の早朝や、夕暮れの空に感じられるということでしょう。前句に「行き返り」とあるので、朝と夕暮れの二つの時間帯と場所を示したと思われます。山類。時分（朝・夕）。

こうして読んでくると、一般的な連歌のように思われます。場の雰囲気を想像するのは自由ですが、あまり深読みし過ぎてしまうと、恣意的な解釈になり、実態からずれてしまうようにも思われます。

「絵本太閤記」では、この後が略されており、百句のうち、光秀の句が十六句あることを指摘しています。そして、終わりの二句を記します。

色も香《か》も酔《ゑひ》をすゝむる花のもと　　心前　春
国々はなほのどかなる時　　光慶　春

心前の句は、花の色も香りも酔いを進めることだと、花の下での宴会の様子を描いています。

酔いをすすめるほど、花の色は美しく、香りもよいということなのです。

そして挙句は、「国々はやはりのどかな時であるよ」と付け、おめでたい雰囲気のまま連歌を終えています。これも一般的な終わり方と言ってよいでしょう。「のどか」が春の季語になります。

「絵本太閤記」では、この挙句は光秀の作だが、わざと息子光慶の作としたということが記されています。そして、

発句《ほっく》に、ときは今と置き、挙句《あげく》に、のどかなる時と留《とめ》しは、光秀旧土岐《もととき》の正流なれば、苗字《めうじ》を時季《じき》に准《なぞら》へ、今度の本意をのべて、天下を治め、四海《かい》四つの時長閑《のどか》なるの心を祝《しゆく》し、斯くはつらね作りたり。

（発句に、「時は今」と置き、挙句に『のどかなる時」と留めたのは、光秀はもと土岐氏一族なので、苗字の土岐を時に重ねて、このたびの本来の目的を述べ、天下を治め、国中が四季を通じてのどかである心を祝してこのように句を連ねて作ったのである。）

と説明しています。

先ほど述べましたように、表面的には、中国出勢戦勝祈願の為の一般的な連歌と言えるのでしょうが、果たして光秀が、信長打倒の意をこの作品に込めていたのかどうか、そして連衆はどのように感じていたのか、残された連歌作品からは、よくわかりません。

ただ「絵本太閤記」では、紹巴が光秀の謀叛の思いに気付いていたことになっています。読んでみましょう。

紹巴法橋、才智明敏《さいちめいびん》の者なりければ、是等の句体《くてい》にて光秀が叛心《ほんしん》をさとり、天下の大奇事《だいきじ》出来《でき》ぬらんと、独《ひとり》心に思ひ居《を》りける。其夜連歌終りて後《のち》、紹巴等《ら》皆光秀が次の間に席を設け、並び臥《ふし》たりけるが、光秀は更《さら》に眠もやらで、終夜《よもすがら》思惟《しゆゐ》の余《あま》りにや、嗟嘆《さたん》する事三五声《せい》、障子の次に臥《ふし》たりし紹巴法橋訝《いぶか》り、「何事に候ぞ」と問《とひ》しかば、光秀大いに驚きけるが、態《わざ》と叱《しかつ》て、「汝等小輩《なんぢらせうはい》争《いかで》か大人の心を知るべき。黙《もく》して睡《ねぶる》べし。」と云ふ。紹巴再び言語《ものいは》ず。

（紹巴法橋は、才智が明敏の者であったので、これらの句に光秀の謀叛の心を悟り、天下の大事件が起きるだろうとひとり心に思っていた。その夜、連歌が終わった後、紹巴たちは皆、光秀の次の間に寝床を設け、並んで寝ていたが、光秀は少しも眠ることができず、一晩中思い悩んで我慢できなくなったのであろうか、嘆きの声を漏らすこと数回、障子の次の間に横になっていた紹巴法橋は不審に思い、「何事でございますか」と尋ねたところ、光秀は大変驚いたが、わざと叱って「お前たちのような若輩者がどうして大将の心を知ることが出来ようぞ。黙って眠っておれ」と言う。紹巴は再び言い出すことはなかった。)

紹巴は、「才智明敏」の者であったので、光秀の謀叛の心に気づいたと書かれています。ということは、紹巴以外はそのようには思っていなかったということでしょう。やはり、表面的には、西国出兵戦勝祈願としての連歌会であったことになります。

紹巴が光秀に尋ねたところ、わざと叱って光秀は本心を明かしませんでした。ひとりで、これからのことを考え、思いを巡らせていた光秀が想像されます。

なお、「絵本太閤記」の「愛宕百韻」については、その後の文学への影響も含めて、綿抜豊昭氏の『明智光秀の近世―狂句作者は光秀をどう詠んだか―』(桂新書・二〇一九年)が詳しく論じていて大変参考になります。

第六章　「醒睡笑」の連歌関連咄

江戸時代前期、落語家の元祖といわれる安楽庵策伝《あんらくあんさくでん》（一五五四〜一六四二）が著した咄本《はなしぼん》に『醒睡笑《せいすいしょう》』があります。元和九（一六二三）年成立で、約一千の笑い話を収録。書名は、「眠りを醒ます笑い」の意で、策伝が説教講話の話材として集めたものと考えられています。

その話の中に、連歌や連歌師に関するものがいくつかありますので、読んでみましょう。本文は、岩波文庫『醒睡笑』（鈴木棠三校注）を使用します。

宗祇《そうぎ》東国修業《しゆげふ》の道に、二間《けん》四面のきれいなる堂あり。立寄り、腰をかけられたれば、堂守《だうもり》のいふ。「客僧は上方《かみがた》の人候や」。「なかなか」と。「さらば発句を一つせんずるに、付けてみ給へ」と、

新しく作りたてたる地蔵堂かな

物までもきらめきにけり

と付けられし。「これは短いの」と申す時、祇公《ぎこう》、「そちのいやことにある哉《かな》を足されよ」とありつる。

（宗祇が、東国に修行に行った時、道に二間四方のきれいな御堂があった。立ち寄って腰をおかけになられたところ、堂守が言う。「旅僧は、上方の人ですか」「いかにも」と。「それなら私が発句を一句詠むので、それに付けてごらんなさい。」と、

新しく作りたてたる地蔵堂かな

（と発句を詠んだので、宗祇は）

物までもきらめきにけり

と、お付けになった。「これは短いな」と申す時に、宗祇公は、「あなたの余分な言葉である「かな」を付け足しなさい。」と述べた。）

宗祇（一四二一〜一五〇二）は、著名な連歌師で、第一章で取り上げた「水無瀬三吟百韻」の作者の一人でしたね。その宗祇が東国に修行に行った時のこと。きれいな御堂の堂守から声を掛けられます。この堂守は、連歌を学んで得意になっていたのでしょうか、有名な連歌師である宗祇とは知らずに、自分が発句を詠むので、句を付けよと言うのです。

新しく作りたてたる地蔵堂かな

という句は、「かな」という切れ字はあり、意味はわかりやく作っていますが、季語はありません。
その句に宗祇は、

物までもきらめきにけり

と付けました。音数が五七になっているので、堂守が「これは短いの」と不審がったその時、宗祇は、「あなたの余分な「かな」を付け足せよ」と言ったのです。そうすると

新しく作りたてたる地蔵堂
金物までもきらめきにけり

となり、発句は五七五に、脇句は七七となり、うまくいくということなのです。新しい地蔵堂は金属までもきらめいているという意味になり、内容もうまく合っています。あまり知識もないのに、偉そうにふるまう堂守が、やり込められる面白さですね。さすが宗祇といったところでしょうか。

小文字《こもんじ》ある出家《しゆつけ》、俄《には》かに連歌を稽古せんと思ひ立ち、ふと都にのぼり、心がくる人のもとに頼み寄り、先づ床《とこ》を見れば懐紙あり。「あれは連歌」。「いやなかなか」。賦何木連歌《ふすなにきれんが》とあるを、「くばるはなんぞもくれんがうた」

とよみ、理《り》のすみたるといふ顔つきも、奇特《きどく》の客とや申さん。

（ちょっとばかり文字を知っている僧が、急に連歌を稽古しようと思い立ち、突然都に上り、前からそのつもりでいた人のもとに頼みこんで、まず床の間を見ると懐紙がある。「あれは連歌ですか。」「そう、いかにも。」「賦何木連歌」とあるのを「くばるはなんぞもくれんがうた」と読み、よくわかったという顔つきをしたのも、殊勝な客と申しましょうか。）

少しばかり文字を知っている僧が、連歌懐紙に書いてある「賦何木連歌」という文字を知ったか振りをして、「くばるはなんぞもくれんがうた」と読み、得意げであったという話。間違えているにも気付かず得意げにふるまう可笑しさですね。

「賦何木連歌」は、「何木を賦《ふ》する連歌」あるいは、「賦《ふ》す何木連歌」と読みます。「賦」は賦物《ふしもの》を表します。賦物とは、使用できる言葉を制限するものです。「賦何木連歌」であれば、「何」に字をあてはめて「木」を添えることで、熟語を形成せねばならないというものです。たとえば「庭」という言葉は、「庭木」という熟語を形成するので、詠むことが可能となります。

次の頁の写真を見てください。架蔵の寛文六（一六六六）年に巻かれた連歌の懐紙です。虫損がかなりありますが、右端に連歌が巻かれたれた年と月日が書かれています。これを「端作《はしづく》り」と言います。その左に空白をはさんで、太文字で「賦何船連歌」と書かれています。これが賦物ですね。

これらの賦物は、中世の初めの頃は、一巻全体に及ぼすものでしたが、後に、ただ発句に対してのみ意味を持つものになりました。

現代でも、発句が詠まれた後、賦物を定め、題目としています。たとえば、発句の中に「葉」という言葉があれば、『連歌法式綱要』（山田孝雄・星加宗一編・岩波書店）の「賦物篇」や『連歌論集　下』（伊地知鐵男編・岩波文庫）所収の「連歌初学抄」にある「賦物篇」を見て、当てはまる項目を探します。すると「何風」の箇所に「葉」という字を見出すことができます。

「何風…春　秋　冬　家　初　羽　葉　早　西　北　南　東　東風　帆
（以下略）」

それぞれ「春風」「秋風」のように熟語を形成することを示しており、「葉風」という熟語も形成できることがわかります。そこで「賦何風連歌」と

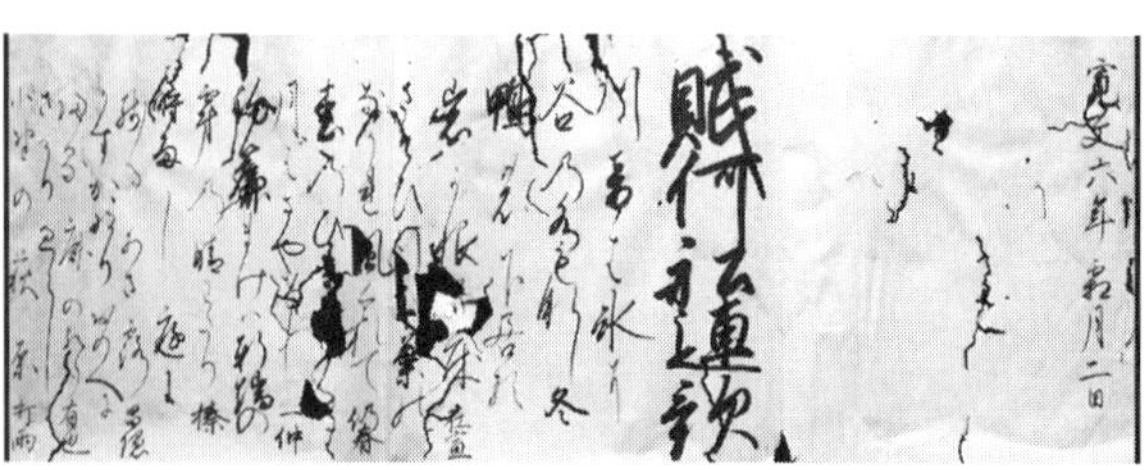

決めることができるのです。
なお、発句の中に「春」と「葉」の二つが使われている場合は、春風を採ったのか、葉風を採ったのか分からなくなりますので、「何風」とはせずに、別の賦物、例えば、「青何」などを採ります。「青葉」はありますが、「春葉」はないからです。

誓願寺《せいぐわんじ》の木食楚仙《もくじきそせん》、今はの時に臨み、田舎より、いにしへ月次《つきなみ》の友なりし人、文をのぼせ、「この度死の別れとなりなば、追善に独吟の百韵《ひやくゐん》をつらね参らせん」よしありければ、返事まではなくて、
我がために弔《とぶら》ひ連歌めさるなよそなたの口は輪廻《りんね》めきたに
（誓願寺の木食楚仙は、臨終の時、田舎から、以前月次連歌の仲間であった人が、手紙をよこし、「このたび、死別となってしまったら、冥福を祈って、独吟の百韻を連ねてさし上げよう」という旨が書いてあったところ、返事まではなく
（次の歌を詠んだ。）
私のために弔いの連歌はお詠みなさるな　あなたの句は輪廻めいているので）

木食楚仙とは、木食応其《おうご》（一五三六〜一六〇八）のことだと考えられます。応其は、近江に生まれた安土桃山時代の真言宗の僧。はじめは武士でしたが、高野山で出家し、木の実や草だけを食べる修行を積みました。豊臣秀吉の信頼が厚く、秀吉ほか名だたる武将と連歌もしています。また、連歌書『無言抄《むごんしょう》』を著しました。

その木食楚仙が、臨終を迎えようとした時、連歌仲間から手紙が来ます。亡くなった時は、あなたのために、追善の百韻連歌を詠んであげますよという内容でした。

このように、故人の菩提を弔うために連歌が巻かれることがあり、それを追善連歌、追悼連歌と言います。連歌は数人で詠む場合が多いのですが、一人で詠む場合は、独吟と言います。この友は独吟で、楚仙のために追善連歌を詠もうと申し出たのですね。その申し出に対し、楚仙は歌を詠みます。それは、お断りするというものでした。理由は、この友の連歌が「輪廻」めいているからというのです。未練がましい下手な連歌はけっこうだということでしょう。「輪廻」というのは、もともと仏教語です。霊魂は、不滅でいろいろな肉体に生まれ変わることを意味します。「輪廻転生」という言葉もありますね。

また、連歌の用語としては、三句のつながりの中で、中央の句を挟んで第一句と第三句の内容が同じようになっている状態を言います。連歌は展開していくことが大切なので、「輪廻」になることが、嫌われたのです。

その意味も掛けてあり、楚仙は、よっぽど、この友人の連歌を低く評価していたのでしょうね。せっかくの申し出も無駄になってしまいました。

古相国《こしやうこく》、駿河《するが》の御城《おしろ》出来たる祝ひに、三百韻の連歌興行なされし時、板倉六《ろく》右衛門《ゑもん》入道《にふだう》正佐《しやうさ》、巻頭《くわんとう》の発句に、

なみ木ただ花はつぎつぎのさかりかな

とありければ、相国大いに御感ありて、すなはちその懐紙をもたせのぼせ、玄旨《げんし》法印《ほふいん》へ見せ参らせられしにも、称美《しょうび》斜《ななめ》ならず候ひし。されば右の発句ことばの縁にたがはず、御子孫繁栄のめでたさ、もっとも祝ひすまいた。

（古相国家康公は、駿河の御城ができたお祝に、三百韻の連歌を興行なさった時、板倉六右衛門入道正佐、巻頭の発句に、

並木はまっすぐに育ち、花は次々に盛りとなることだなあ

と詠んだので、相国は大いに感激なさって、すぐにその懐紙を持たせて、玄旨法印へ見せ申し上げられたところ、褒めることは並大抵ではございませんでした。さて、右の発句の言葉の通り、徳川家のご子孫が繁栄したことはすばらしいことで、めでたしめでたし。）

「醒睡笑」の最後に載っている話です。「古相国」とは、徳川家康のこと。慶長十二（一六〇七）年、駿河城が完成し、家康は移り住みます。その時に三百韻の連歌を巻いたのですね。百韻連歌を三回巻いたということです。そのうちの一つの発句を、板倉六右衛門正佐が詠みました。

この発句は、花が次々と盛りになることを詠み、祝意を表しています。その句を見た家康は大変感激し、玄旨法印の所へ見せにいかせるのです。玄旨法印とは、細川幽斎《ゆうさい》（一五三四～一六一〇）のこと。幽斎は、多くの連歌会に参加し、紹巴・昌叱といった連歌師や、多くの公家や武家らと一座をともにしたことがあり、連歌に実績のある武将です。その幽斎に見せたところ、大変称美したとあり、この句の素晴らしさが保証されたことになります。そしてその言葉通り、家康の子孫は繁栄したということで、めでたしめでたしと話は終わります。

言葉で祝う、祝福するという意味の「ことほぐ」という言葉がありますが、まさにそのお話ですね。おめでたい言葉を使うことで、その通りになるのです。「言霊《ことだま》」の力と言ってもいいでしょう。古来、言葉には不思議な力が宿っていると信じられており、発した言葉どおりの結果を招く力があるとされたのです。

しばしば祈禱《きとう》連歌が行われ、神社に奉納されたのも、「言葉の力」が信じられていたことを示していると思います。

第七章　連歌師の紀行——「筑紫道記」と「博多百韻」

連歌師の中には、旅をした者が多くいます。そして紀行文を残しています。ここでは、宗祇《そうぎ》の紀行「筑紫道記《つくしみちのき》」の一節を読み、合わせて関連する「博多百韻」も見てみましょう。「筑紫道記」は、岩波新日本古典文学大系『中世日記紀行集』所収の本文(川添昭二・福田秀一校注)を使用します。

宗祇(一四二一~一五〇二)は、「水無瀬三吟百韻」の作者の一人であり、「醒醒笑」の中にも登場していましたね。連歌の大成者といえる連歌師です。文明十二(一四八〇)年六月、周防、長門、豊前、筑前の守護大名であった大内政弘《まさひろ》に招かれて周防山口に下った宗祇が、弟子の宗長・宗作を伴って、九月に山口を出発して九州に渡り、太宰府・博多等を経て十月に山口に帰着するまで、一ヶ月あまりの紀行を記した作品です。

取り上げるのは、大宰府詣でを果たした宗祇が、博多に出て竜宮寺に泊まる場面です。

夫《それ》より誰に急ぐ心ともなく駒打《うち》早め、夕陽のほのかなるに博多といふに着《つき》ぬ。宿りは竜宮寺と言へる浄土門の寺なり。此所つかさどる山鹿壱岐守、とかくの事《こと》わざす。常の如《ごと》し。奥深きかたに方丈余りの所有《あり》。うちの飾りあるべきやうにして、庭の草木見所有《あり》。萩の下葉枯れ〴〵成《なる》うち散《ちり》、呉竹《くれたけ》の葉風荒〳〵敷《しく》吹て、ひとり寝《ぬ》べき心地もせぬ旅枕なり。
（それより、誰に急ぐという心があったわけではないが、馬に鞭打ち、早めて、夕陽がかすかになる頃に博多という所に着いた。宿泊は、竜宮寺という浄土宗のお寺である。ここを担当している山鹿壱岐守は、あれこれの世話をしてくれる。いつものようである。奥深い方には、一丈四方余りの、住職の住まいがある。内側の飾り付けを趣深く感じられるようにして、庭の草木も見所がある。萩の下葉が枯れて散っており、呉竹の葉風が荒々しく吹いて、ひとり寝られる心地もしない旅宿である。）

竜宮寺（龍宮寺）は、当時、袖《そで》の湊《みなと》の海辺に建立されていて、潮が満ちると寺内まで潮に浸かることから浮御堂《うきみどう》と称したということです。貞応元（一二二二）年に博多津に人魚が出現した際にこれを寺内に埋葬したという伝承があり、その時に寺号を竜宮寺と改めたとのこと。慶長の頃移転して、現在は博多区冷泉町にあります。

さて、その竜宮寺が、宗祇の博多の宿泊場所として使われたのですね。内側の飾りも趣があり、庭の草木も風情がありました。夜は風が強く、なかなか寝付けなかったようです。

此院主道《このゐんじゆ》に好《す》ける人にて、心ざしを尽くさむと見えたるも忝《かたじけ》なく、明《あけ》ぬれば、此所の様《さま》を見侍るに、前に入海《いりうみ》遥かにして、志賀の島を見渡して、沖には大船多くかゝれり。唐土人《もろこしびと》も乗《のり》けんと見ゆ。左には夫《それ》となき山ども重なり、右は箱崎の松原遠く連なり、仏閣僧坊数も知らず、人民の上下門を並べ、軒を争ひて、その境《さかひ》四方に広し。

（この寺の住職は、風流の道に熱心な人で、一生懸命に心を尽くそうとしているのがわかるのもありがたく、夜が明けて、このあたりの様子を見ますと、前に入海がはるかに広がっており、志賀島を見渡せて、沖には大きな船がたくさん停泊している。中国の人も乗っていたのだろうかと見える。左には、これということのない山々が重なり、右は箱崎の松原が遠く連なっており、仏閣や僧坊の数は数えきれないくらい多く見え、身分の高い人々も低い人々も家は門を並べ、軒を争うように建っており、その土地は四方に広がっている。）

竜宮寺の住職は、風流人であったことがわかります。はるばるやってきた宗祇のために心を尽くしてもてなそうとしており、その気持ちは宗祇にも伝わっていました。夜が明けて竜宮寺から見える風景が素晴らしく、目の前には海が広がり、志賀島が見え、沖には船が停泊しているのも見えるのです。宗祇は、中国の人が乗っていたのだろうかと感慨深く見ています。
源《みなもとのかねまさ》兼昌の

海原や博多の沖にかかりたるもろこし舟に時つぐるなり（永久百首・夫木和歌抄）
（海原が広がっているなあ、博多の沖に停泊している中国の舟に（鐘を鳴らして）時を告げているよ）

などの歌を思い出していたのでしょうか。

重なる山々や箱崎の松原など、風光明媚な景色を想像することができます。仏閣や僧坊、その他にも家々がたくさん立ち並んでいる豊かな博多の様子が描かれています。

この後、宗祇は船で志賀島に渡ったり、住吉神社に詣でたりします。その箇所は飛ばして、千句連歌を巻いたことが書いてある箇所を見てみましょう。

廿四日より杉の弘相《ひろすけ》宿願の千句有《あり》。第十番暮秋の心を

夕浪にかへるも秋や西の海

千句は三日に過《すぎ》て、明《あく》れば廿七日、雨いたく降りて、道の空もいかゞと思給《たま》ふれば、生《いき》の松のあらまし今日も又過《すぎ》ぬ。宿りの院主一折《ひとをり》とあやにく侍れば、又の日、

秋ふけぬ松の博多の奥津風《おきつかぜ》

（二四日より杉弘相宿願の千句連歌が有る。十番目の百韻の発句に暮秋の心を

夕浪にかへるも秋や西の海

（夕浪が西の海に帰っていくように秋も過ぎ去っていくことだ）と詠んだ。

千句連歌は、三日を過ぎて、明けると二十七日、雨が激しく降って、道中の天気もどうだろうかと思われましたので、生の松原に行く計画も今日も又できずに過ごした。宿泊している寺の主人、連歌一折をと、こちらの意に反して勧めましたので、次の日

秋ふけぬ松の博多の奥津風

（秋も更けたなあ。松の美しい博多の沖から吹く風にそう感じられることだ）と詠んだ。）

杉弘相は、大内政弘の重臣、杉重道の子。そのたっての希望であった千句連歌を巻いたのですね。千句連歌とは、百韻を十巻まとめて張行《ちょうぎょう》した作品です。当時百韻が普通だったとはいえ、千句も詠むということは、かなり大変だっただろうと思われます。

宗祇の発句は、夕浪が海に帰っていくことと、秋が過ぎ去っていくことをイメージ的に重ね合わせて、趣深い句になっています。

千句は、「三日に過ぎて」とあるので、三日間では終わらなかったのですね。その後、竜宮寺の住職が連歌を巻くことを願い出ます。「あやにく侍れば」とあるのは「あやにくに勧め侍れば」の意と考えられます。宗祇は最初あまり乗り気ではなかったのでしょうか。謙遜の意を表しているとも取れます。いずれにせよ、「秋ふけぬ松の博多の奥津風」と発句を詠みました。

「筑紫道記」は、この後、「明《あく》れば廿九日、生の松原へと皆同行誘ひて立出《たちいで》侍るに…」と次の日の事に移ります。ですから、「筑紫道記」だけでは、この時の連歌がどのように巻かれたのかわかりません。しかし、その作品は伝わっているのです。

その連歌は、『石城遺聞』（山崎藤四郎　三養堂　明治二十三年　昭和四十八年に名著出版から復刻版が刊行）の中に収録されています。また、北九州市立中央図書館蔵の写本「連歌集」（仮）の中にも収録されており、重松裕巳氏（西日本国語国文学会翻刻双書『連歌俳諧集』※口絵に表八句の写真あり・一九六五年）と、渡瀬淳子氏（『北九州市立大学文学部紀要』八八号二〇一八年）によって翻刻されています。

「石城遺聞」には、「文明十二年宗祇法師博多へ下りし時九月廿八日其宿所龍宮寺に於て連歌を執行す。世に之を博多百韻と云ふ」とあります。

また、連歌作品の後には、「右空吟は龍宮寺住持、宗歓は宗長事、宗祇高弟柴屋軒と号（す）駿州の人。宗賀も宗祇弟子、弘相は津役日原殿、杉次郎左衛門、大内の家臣にして当時博多の町奉行に等し。朝西は住吉座主の親類、鶴寿は空吟弟子、龍宮寺後住、仁舟和尚当時十二歳なりしと云ふ。此百韻の原書は享保十七年六月十八日龍宮寺火災の時可惜焼失烏有となれり」とあります。原懐紙が、享保十七（一七三二）年焼失し烏有《うゆう》に帰したとは、実に残念ですね。

「石城遺聞」と北九州市立図書館本とを比較しながら、十二句ほど見てみましょう。まず、北九州市立図書館本を示します。折の名称と番号を付けておきます。また、便宜的に、濁点を付し、読み仮名を付けます。季と句材についても書いておきます。

宗祇筑前博多下向之時同所於龍宮寺興行

賦何木連歌

（初折表）

一　秋更《ふけ》ぬ松のはかたの沖津風　宗祇　秋　植物（木）名所　水辺

二　霧に時雨《しぐる》る波の寒けさ　空吟　秋　聳物　降物　水辺

三　月さそふ夜舟の上に雁鳴て　弘相　秋　光物　時分（夜）　水辺　動物（鳥）

四　夢に旅ゆく床の暁　朝酉　雑　時分（夜）旅　居所

五　古郷は遠くなるとも忘《わすれ》めや　英誉　雑　居所

六　山はいづくも夕暮の春　岸孝　春　山類　時分（夕）

七　そことなき鐘や霞て残るらん　宗観　春　聳物

八　嵐の今は音ぞ長閑《のど》けき　宗賀　春

（初折裏）

一　分《わけ》て見む遠《をち》の梢の花盛　良本　春　植物（木）

二　松より奥の明《あけ》はつる空　永賀　雑　植物（木）時分（夜）

三　野べの雪冴《さゆ》る方にや降《ふり》ぬらん　　昭阿　冬　降物
四　山遠き江は水も氷《こほ》らず　　祇　冬　山類　水辺
（以下略）

賦物は、「賦何木」となっています。発句にある「松」を「何」にあてはめて「松木」という熟語を形成することを示しています。

発句の「秋更ぬ松のはかたの沖津風」に、竜宮寺の空吟は、「霧に時雨《しぐ》る波の寒けさ」と脇句を付けました。

「客発句脇亭主」という言葉があります。連歌では、お客さんが発句を詠み、連歌会を催す人が脇句を詠むことが一般的でした。そして、そこに挨拶の気持ちを込めるのです。

宗祇は、秋の更けゆく今の時候を詠みながらも、博多の松の美しさをほめたたえる気持ちを詠んだのでしょう。空吟の脇句では、「しぐる」という動詞の連体形が使われています。名詞だと「時雨《しぐれ》」ですね。時雨は、秋の季語にも冬の季語にもなります。この場合は、「霧」があるので、秋の句ととります。

さて、初折表第八が、「嵐の今は音ぞ長閑けき」となっています。「今」は「嵐」なのに「音ぞのどけき」は、内容的におかしいですよね。

そこで、「石城遺聞」を見てみると、「あらしの後は音ぞのどけき」となっています。こちらの方が、内容的には良いですね。前句の「そことなき鐘や霞て残るらん」にもうまく付きます。どうやら、「石城遺聞」の本文の方が、原懐紙に近いようです。

他にも異同のある箇所があるので、整理して示しておきます。

（仮名遣いの違い等は省略）

	石城遺聞	北九州市立図書館本
初表八	あらしの後は音ぞのどけき	嵐の今は音ぞ長閑けき
初裏二	松より奥の明初る空	松より奥の明はつる空
二表三	分まどふうつの山べのかり枕	心まとふ宇津の山辺のかり枕
二表九	幾度かうきみ斗にめぐるらん	幾度か憂身斗に思ふらん
二裏五	霧暗き尾上の月や残るらん	霧晴て尾上の月や残るらん

二裏十	むなしき記念面影の空	むなしかたみの面影の空
二裏十一	問捨し後は幾日を送るらん	問はずして後は幾日を送るらん
三表二	あらくな吹そ山おろしの風	あらくな吹そおろす山風
三表五	跡遠き水無瀬の宮の秋もなし	跡遠き水無瀬の色の秋もなし
三裏六	くちぬことばの有よしもがな	くちす言ばの有よしもがな
三裏七	せき入し岩根の水の音羽川	関入て岩根の水の音羽川
三裏十三	我庵の今夜の雨に桜花	我庵の今宵の雨に桜花
名表十三	露霜の降を宿かは月澄て	露霜の降を宿は月澄て
名裏三	まだ馴ぬ恋を心の知もうし	まだ馴ぬ恋を心のはるもうし

北九州市立図書館本の二折表を見てみます。（読み仮名をつけてみます）

九　幾度《いくたび》か憂身《うきみ》斗《ばかり》に思ふらん

十　悔しやかゝる恋の山道

十一　消《きえ》かへる雲も思ひの色なれや

九と十一に「思ふ」があります。打越に同じ言葉を使うことはあり得ないので、おかしいなと感じます。一方、「石城遺聞」の九は、「思ふらん」ではなく、「めぐるらん」となっているので、問題はないのです。この箇所からも、「石城遺聞」の本文の方が、原懐紙に近いのではないかと考えられます。

さて、この宗祇が発句を詠んだ「博多百韻」にちなみ、平成の世に、龍宮寺で連歌を復興しようという企画が持ち上がりました。企画したのは、「博多っ子純情」を描いたことで知られる漫画家の長谷川法世《ほうせい》氏。前に記したように、現在の龍宮寺は、宗祇の頃と違い、博多の街中、冷泉町にあります。平成二十二年九月二｜六日、五百三十年ぶりに連歌復興が成し遂げられました。詳しい報告は、『文化ふくおか』(福岡文化連盟)一七六号に掲載してあります。

宗匠は有川宜博氏。私は執筆を務めました。一巡を紹介しておきましょう。

賦玉何連歌

（初折表）

一　季《とき》来るや虫の音すだく浮御堂《うきみだう》　法世
二　ふたたび渡る雁の一列《ひとつら》　龍生
三　萩の花ほどろほどろと散りしきて　冴子
四　香り踏みわく夕暮れの道　彩子
五　軒をもる月の光の涼しかり　史子
六　鼓は猛《たけ》しだうだうたらり　奈菜子
七　笛に舞ふ緋色の袖は風に揺れ　賢治
八　円居《まどゐ》してゐる鴉《からす》子鴉　澄子

（初折裏）

一　辛夷《こぶし》咲き明るくなりし町の辻　晃
二　雛《ひひな》の市《いち》はにぎはひにけり　隆子
三　大空に凧のいろいろ泳ぎゐて　智恵子

四　雲間に見ゆる峰の紫　康彦
五　金色《こんじき》の翼迦楼羅《かるら》の今吠えし　宜博
六　恋の炎は燃えに燃え立つ　淳

（以下略）

発句にある「浮御堂」は、前に記したように龍宮寺の旧称です。「季《とき》来るや」には、連歌復興の時が来た喜びや感激が込められていると思われます。世吉形式とはいえ、五百三十年ぶりに龍宮寺で連歌を巻くことができ、感慨深いものがありました。

第八章　連歌の魅力

連歌について、さまざまな角度から説明してきましたが、ここで、連歌の魅力を整理しておきたいと思います。

1 「座の文学」である連歌の特性に関して

(1) 共同で詩を作ることの楽しさ

連歌は五七五の長句または七七の短句という短い詩を創作するという点では、短歌や現代俳句と共通します。しかし、その大きな相違点は、共同で詩を創作することだと言ってよいでしょう。短歌や俳句は自分の感じたことや思ったことを表現します。しかし、連歌は、他人の句に自分の句をつけることによって、共同で新しい世界を次々と描き出すことになります。

世吉《よよし》(四十四句)にしろ、百韻《ひゃくいん》にしろ最後の句である挙句《あげく》が詠まれ、その一巻が満尾したとき、心地よい達成感や充実感とともに連衆《れんじゅ》との連帯感を感じることができるのは、座の文学と言われる「連歌」であればこそでしょう。歴史的に見ても、連歌は様々な境遇の人が集まり興じた文芸でした。武士も貴族も連歌の座では、連衆の一員として同席したのです。

今日の連歌においても、様々な人が集まって連歌を巻いていくことが楽しさにつながります。若い人や年老いた人、学生にサラリーマンや公務員、年齢や職業も異なる人がいた方が盛り上がることがしばしばあります。初めて座に連なった人が、どのような句を付けるか楽しむことなります。句には、その人の個性が表れます。句をどう解釈し、どう展開していくのか、実に様々であり、その人らしさが表れます。連歌一巻を巻き上げたとき、その日初めて会ったにもかかわらず、旧知の人のように感じられてくることも、連歌ならではの良さでしょう。

また連歌の懐紙に書く作者名については、苗字ではなく下の名前を記していきます。些細なことかもしれませんが、そのことも親密感を高めることにつながっているのではないかと思います。

(2) 展開の面白さ

連歌の大切な約束事に、「輪廻《りんね》を嫌う」つまり「前に戻ってはいけない」ということがあります。連歌は前句に合わせて新たに句を付け、新しい世界を表現していくのですが、前句のそのさらに一つ前の句(打越《うちこし》)に戻ることが、最もよくないこととされています。しかし慣れないうちは、ついつい同じような連想をして句を作ってしまいがちです。

連歌に参加したことのない人の中には、「連歌はルールである式目が煩わしく難しそうだ」と思っている人が多いでしょう。しかし、同じような事ばかり詠んで、連歌が停滞しないために式目があるのだということが、連歌の座に連なっているうちに実感できます。式目があるがゆえに面白くなるということがわかってくるのです。春夏秋冬という一年の様々な季節を詠むだけでなく、山、海、里等、様々な場所を詠み、高揚感や喜び、また悲しみや辛い気持ちなど様々な心情を詠むがゆえに、その連歌作品は、人生を象徴することになります。

そして、思いがけない言葉が付けられたり、意外な展開に接したりすると、そこに感動が生まれるのです。

松岡心平氏は、『中世芸能講義』（講談社学術文庫）の中で、次のように述べています。

同じ世界をみんなが同時に考えて、そこに別の世界をつけていく。その際、他人が考えた場合に、自分では思ってもみないような転じ方が出てきたりする。自分では思ってもみなかった新たな世界が他人によって開かれるという経験ができる。それは、よろこびであり、興奮です。そんな興奮が何回も何回も連なっていくのが、連歌の世界なのです。

連歌の面白さを実に的確に指摘されています。

さて、連歌一巻の流れを大まかに捉えると、初めは穏やかに始まります。最初の十句、いわゆる表十句は、景物を中心に詠み、恋や述懐等、人間の心情を露わに詠まないことになっています。名残折の裏も同じ事が当てはまります。つまり、穏やかに始まり、中程でさまざまな人間の営みを詠み、最後はまた穏やかに終わるのです。挙句が詠まれ、一巻を巻き終わると、共同で巻き上げたという喜びと達成感を感じることができるのです。

(3) 虚構の面白さ

近代や現代の俳句や短歌は、作者の体験や実感を重視していると言ってよいでしょう。しかし、連歌では、前句に合わせて新しい世界を創りだしていかねばならないので、実体験をしていなくても、想像力を働かせて句を創っていくことが往々にしてあります。

恋をしていなくても恋の句を詠むことは可能であり、失恋していなくても、悲しい恋の句を詠んでもいいのです。男性が女性の立場で句を詠むこともできるし、悲劇のヒロインになることも可能です。

このように、連歌には、さまざまな境遇の主人公になったつもりで句を詠む楽しさがあります。そして、さまざまな状況を想像し、虚構の世界に遊ぶ楽しさがあるのです。

（4）競争によるゲーム性と緊張感

二人や三人で連歌を巻く場合は、順番に詠んでいけばいいのですが、一般的な連歌は、一巡した後、「出勝ち」となり、式目に合えば、基本的に早く出された句が採択される可能性が高くなります。連衆は既に出された句を見渡しながら、式目に抵触しないように句を考えるのですが、思い付いたらすぐに声に出さないと、他の人に先に付けられてしまいます。ほんのちょっと躊躇して遅れたために、出し損なってしまうことがよくあります。そうなると、残念ですよね。良い句を早く創ろうと競争するところに、ゲーム性があり、緊張感が生じます。時間が経つのも忘れて興じてしまう要素がそこにあると言えます。

（5）音声で言葉をつないでいく楽しさ

小短冊に句を書いて提出し、連歌を巻いていく方法もありますが、元来連歌は音声で句を付けていったと考えられます。

江戸末期の連歌書「連歌初心抄」（『連歌法式綱要』所収）にある「会席之事」の中に「又執筆に向ひ句を出すには長句なればまづ五文字を出し、執筆うけたらば、跡《あと》十二文字を出すなり。短句なれば七文字出し、又跡七文字を出すべし」という記述があります。

声に出して披露することで、言葉の響きの美しさを感じることができるということに、まず大きな意義があるでしょう。また、声で句を出すことによる座の盛り上がりという要素も指摘しておきたいと思います。

私が所属する今井祇園連歌の会では、句が出来た者は、五七五の長句の場合は最初の五を、七七の短句の場合は最初の七をまず声に出します。すると、執筆《しゅひつ》がそれを繰り返します。そこまでは、「連歌初心抄」と同じですね。次が少し違います。

その後、出句者は、もう一度最初の言葉と、それに続く残りの言葉を合わせて句を声に出します。連衆は、最初の五または七の言葉を聞いて、次にどのような言葉が来るのか、耳を澄まします。座に快い緊張した雰囲気が醸し出されます。そのような点でも、声で句を出すことが望ましいと思われます。

小短冊であれば、宗匠・執筆以外は不採択になった句がどのようなものかわからないのですが、声で句を出した場合は、一座のものが皆同時にその句を鑑賞できます。採択にならずとも、連衆がどんな句を考えていたかがわかるので、面白いし勉強にもなります。

ただ、作者にしてみれば、自分が作った句を声に出すのは、多少なりとも気恥ずかしさが伴います。その点、小短冊で句を出す方が気楽であると言えるでしょう。音声と小短冊とそれぞれの良さがありますので、連衆や会の状況によって柔軟に方法を決めるといいと思います。

2　連歌の用語に関して

(1) 季語の味わい

季語は俳句のためにあると思っている人も多いでしょう。しかし、俳句も元をたどれば、連歌の発句《ほっく》であることは先に述べたとおりです。連歌の発句に季語が必要であったからこそ、俳句にもそれが受け継がれているのです。

連歌においては、発句に限らず、脇句にも季語が必要であり、さらに平句《ひらく》においても重要な意味を持っている事は、式目に規定されている事からも窺えます。春・秋の句は、三句から五句続けなければならないという式目があり、春の句とは春の季語を含む句にほかなりません。

また、花・月の定座《じょうざ》がありますが、「花」といえば桜を指す春の季語であり、「月」は秋の季語であることも知っておかねばなりません。

「霞」といえば春の季語、「霧」といえば秋の季語。理屈というよりも、日本人が長年培ってきた美意識によるものだといって良いでしょう。そして、それは「本意」というものにつながっていきます。「春雨」といえば、「しとしとと降る雨」なのです。春に激しい雨が降ることもありますが、連歌の世界においては「春雨」という季語からイメージされる内容が重視されてきたのです。

その「本意」を十分に踏まえる事で、深い味わいを感じる事もできるでしょう。

(2) 和語の味わい

連歌は、和語を基本とします。和語とは大和言葉であり、日本古来の言葉です。そして特に雅《みやび》な場合は、雅語《がご》と呼ばれます。

連歌は、ただ文芸として楽しまれただけではなく、しばしばお宮に奉納されてきたという歴史があります。戦勝祈願等、さまざまな祈禱《きとう》連歌が行われてきました。神に捧げるため、美しい言葉で詠もうという意識が働いたものと思われます。

神に捧げるということでなくても、美しい言葉で詩を紡ぎだしていこうとする試みは、大きな意義を持つように思います。漢語や外来語を使わないということは、表現に制限が加えられる事になります。しかし、安易に卑俗な言葉を使わずとも、和語で表現できないかと試みる事は、逆に表現の可能性を広げる事になりはしないでしょうか。埋もれていた古語を意識して使う事により、語彙が増え、表現が豊かになっていくこともあるに違いありません。そして、古語の面白さに気づく事にもなるでしょう。

漢語やカタカナ語は、俳言《はいごん》と呼ばれ、それが基本となると「俳諧連歌」、「連句」になってしまいます。小西甚一氏の次の言葉が、連句とは違う連歌の特質をよく表しているように思います。

連歌は、完全に古典的な感覚から成り立った藝術であり、おそろしく細かい神経を必要とする。さきに述べたところをもういちど引っぱりだすならば、磨きぬいた「雅」の世界なのである。連歌人の感覚にとっては、ほんのちょっとした刺激でも、ひどく響いて困るのである。かれらの感覚が「美しい」と受けとるのは、用語でも、表現でも、あまり際だった印象のない、やすらかな、もの静かさであった。それが、かれらの「美しさ」なのであった。そこまで研ぎすまされた神経に対しては、漢語は、刺激が強すぎたのである。連歌のなかに漢語がまじると、やすらかなもの静かさが乱され、しっとりした調和が何かガチャガチャした粗《あら》っぽさになってくる。それで、漢語は「お行儀がよくないぞよ」と連歌の園から追放されてしまったわけ。

(『俳句の世界』講談社学術文庫)

連歌には連歌の良さが、連句には連句の良さがあるので、違いを意識しながら、楽しむ事が肝要かと思います。

3　その他

（1）定型にあわせて詩を作り出していく面白さ

短歌や俳句と同じく、連歌においても定型で言葉を表現していくことになります。短歌や俳句は、最初から自分で創り出していかねばなりませんが、連歌の場合、前句があるので、かえって創作しやすい面があるでしょう。

定型におさめるためには、表現を変えたり、同類語におきかえたりする必要が出てきます。それは、言葉のリズムにも関係します。また、すべてを言い尽くそうとするのではなく、聞き手にさまざまなことを想像させる余地を残すような表現が、余韻が感じられ、趣深い句となるでしょう。短い定型に合うように工夫して言葉を紡ぎだしていく面白さもあるのです。

（2）日本古典文学への理解の深まり

連歌とは、どのような文芸であるかを理解することができれば、中世の人々があれほど熱中したのはなぜかということが、共感を持って理解することができるでしょう。残された連歌作品も面白く味わうことができます。また、日本の古典を考えてみると、連歌の一場面が取り上げられている作品もあります。連歌という文芸を理解すれば、そのような古典の理解が深まることになります。そして、世界的にも稀な「連歌」という文芸の特性と面白さに気づくことで、改めて日本人というものを見つめなおす契機にもなるに違いありません。

第九章　連歌を鑑賞し、連歌を詠むための参考文献

連歌を鑑賞したり、連歌会に参加して句を詠んだりする時に参考になる本を紹介したいと思います。

【連歌概説・式目】

最初に読む本としては、『連歌とは何か』(綿抜豊昭・講談社選書メチエ)、『連歌入門』(廣木一人・三弥井書店)『連歌の心と会席』(廣木一人・風間書房)がお勧めです。

連歌には、式目とよばれるルールがあり、その理解が最初は難しく感じられるかもしれません。式目については、『宗祇』(小西甚一・筑摩書房・日本詩人選)の中にも説明があります。新潮日本古典集成『連歌集』(島津忠夫)の解説や『三吟集うばつくば』(鶴崎裕雄他・和泉書院)の解説も参考になります。『つける―連歌作法閑談―』(鈴木元・新典社新書)は、「付ける」という行為の考察を通して連歌の本質に迫っています。

さらに勉強したいと思う人は、『連歌概説』(山田孝雄・岩波書店)を熟読すると良いでしょう。『連歌法式綱要』(岩波書店)『連歌辞典』(東京堂出版)も大変役に立ちます。

連歌の歴史については、平成二十九年に復刊された『連歌史―中世日本をつないだ歌と人びと―』（奥田勲・勉誠出版）が大変参考になります。また、『戦国武将と連歌師』（綿抜豊昭・平凡社新書）を読むと、連歌師のことがよくわかり、興味深く感じるでしょう。

中世の連歌について論じた研究書は多くありますが、近世の連歌については、『近世武家社会と連歌』（綿抜豊昭・勉誠出版）が、詳しく論じています。

連歌は、歴史的に香道とも関わりがあったことは、『香道の美学―その成立と王権・連歌―』（濱崎加奈子・思文閣）」を読むとよくわかります。

【現代連歌】

福岡県行橋市の須佐神社は、享禄三（一五三〇）年から、夏の祇園祭において奉納連歌が連綿と行われています。また、行橋では、市の教育委員会が主催して夏休みに連歌講座を二回開き、十月には連歌大会を開催しています。地元の中学生高校生も参加して楽しんでおり、『あなたが詠む連歌』（東山茜・あいり出版）は、その連歌会の様子を詳しく紹介しています。

今日、連歌の輪は全国的に広がりつつあり、その連歌ブームの原点と位置づけられているのが、昭和五六年に須佐神社で行われた奉納連歌シンポジウムです。全国から多くの連歌研究者や連歌に関心のある方々が集まり、現代連歌についても討議がなされました。また、連歌の実作も行われたのです。その記録は『よみがえる連歌―昭和の連歌シンポジウム』（海鳥社）として刊行されています。

その後、須佐神社宮司であった故高辻安親氏を中心とした取り組みがあり、行橋の連歌は盛んになっていきました。平成一六年に開催された国民文化祭でも、行橋では連歌大会が開催され、その時の作品や講演は、『現代と連歌―国文祭連歌・シンポジウムと実作―』（海鳥社）としてまとめられています。

行橋には、私の所属する今井祇園連歌の会があり、毎月実作会を行っており、その作品集『平成の連歌』第一・二集も刊行されています。

また、全国唯一、連歌会所が現存する大阪市平野区の杭全《くまた》神社では、昭和六十二年に連歌が再興され、その軌跡を綴った『平野法楽連歌―過去と現在』『平野法楽連歌―過去から未来へ』（いずれも杭全神社編・和泉書院）が刊行されており、現代連歌を考える上で、大変参考になります。

拙著『連歌の息吹―つながり、ひろがる現代の連歌』（溪水社）では、平成二十三年に開催された国民文化祭京都連歌大会や、平成二十六、七年の山口祇園会奉納連歌会についても報告しました。

高城修三氏の『可能性としての連歌』（澪標）は、連歌を「異質ものを出会わせ、思いがけない発想やイメージを生み出す装置」であるととらえ、連歌の実作をすることを勧めています。

連歌作品集としては、筒井紅舟氏の『連歌集　市女笠』（角川書店）『連歌集　竹林の風』（右文書院）もあります。

【連歌・連句と授業】

連歌を授業に取り入れる上で、大変参考になるのが、『連句の教室―ことばを付けて遊ぶ』（深沢眞二・平凡社新書）です。「連句」は「連歌」と同じく「座の文学」と呼ばれます。連歌は大和言葉を主として文語で詠みますが、連句は、漢語や俗語、カタカナ語、いわゆる俳言《はいごん》を自由に使用します。もともと、「俳諧連歌」と言っていたものを明治以降「連句」と称するのです。本書は、大学の授業で「連句」を巻いた時の様子が詳しく書いてあり、句を付ける楽しさが伝わってきます。

また、拙著『連歌と国語教育―座の文学の魅力とその可能性―』（溪水社）でも、連歌創作指導について報告しました。

【古典の連歌テキスト】

連歌会に参加していると、古典の連歌作品にも興味が出てくるでしょう。古来傑作とされている「水無瀬三吟百韻」を始めとする古典作品は、新潮日本古典集成『連歌集』(島津忠夫校注)や新編日本古典文学全集『連歌集／俳諧集』(連歌は金子金治郎校注・小学館)で読むことができます。岩波古典文学大系『連歌集』(伊地知鐵男校注)は、「水無瀬三吟百韻何人百韻注」の他、「菟玖波集」「新撰菟玖波集」を抄録しています。

また、日本の文学古典編『歌論　連歌論　連歌』(奥田勲校注・訳・ほるぷ出版)には、第三章で取り上げた「至宝抄」の他、宗祇の「吾妻問答」といった連歌論や「紫野千句　第一百韻」などの連歌作品が収録してあり、大変参考になります。

近世末期までの連歌作品のうち、撰集・個人句集、およそ百点余の発句・付合を収載してあるのが、『連歌大観』三巻(古典ライブラリー)です。全句索引収載のCD－ROMがあるので、語句の検索が可能であり、断簡《だんかん》(切れ切れになった懐紙等)などを調べる上でも役立ちます。

おわりに

明治になり、西洋文化が範とされ、正岡子規の「発句は文学なり、連俳は文学に非ず」（「芭蕉雑談」明治二十六年）の言葉にうかがえるような価値観が広まり、座の文学である連歌や俳諧は、衰退していきました。

しかし、中世に、あれほど人々が熱中した文芸を忘れてしまうには、あまりに惜しいと思います。連歌では、共同で新しい世界を次々に言葉で作り出していきます。連歌の最後の句である挙句が詠まれ、満尾した時、心地よい達成感や充実感とともに、連衆との連帯感を感じることができます。詩の共同創作を通して、心の交流が進むのです。言葉の力を改めて感じることにもなるはずです。

連歌には、式目があり、本格的な連歌をしようとすると、始めは難しく、尻込みをしてしまうかもしれません。しかし、次第に慣れてくると、連歌が単調にならないように式目があるということが実感されてきて、式目があるからこそゲーム的な要素もあり面白くなることが理解できてくると思います。

ＡＩが進化し、便利な社会になる一方、人と人とのコミュニケーションは、ますます大切になってくるでしょう。言葉を通して心を通わせる連歌の魅力を実感してもらえればと思います。

さあ、仲間を誘って連歌を始めてみましょう。新たな世界が広がりますよ。

最後になりましたが、本書を刊行するにあたり、溪水社の木村逸司社長と編集担当の木村斉子氏には、数々の御助言、御配慮をいただき、大変お世話になりました。記して心から感謝申し上げます。

令和二年七月十日

黒岩　淳

付録

【連歌用語集】

用語	説明
挙句（あげく）	最後の句。今井祇園連歌の会では、春季で体言止め。祝意をもたす。
一句立つ（いっくたつ）	前句に寄りかかることなく、一句だけで一つの詩想を表すこと。
一直（いっちょく）	指合を指摘されたとき、一度まで訂正句を提出することができること。
打越（うちこし）	前句の前の句。付け句は内容的に打越に戻らないことが肝要。
懐紙（かいし）	連歌を記す紙。二つ折りした懐紙を、百韻では四枚、世吉では二枚使用する。その一枚を折《おり》と言い、折り目を下にして右端を結び、表と裏を使う。
歌仙（かせん）	三十六句を詠み継ぐ形式。主として俳諧連歌、連句で用いられる。
観音開き（かんのんびらき）	打越と付句が、同じ発想やイメージになっていること。
季移り（きうつり）	雑の句をはさまず、ある季の句に他の季の句を付けること。

季の句（きのく）	季語を含む句。式目では、春句・秋句は、三句〜五句続ける。夏句・冬句は一句だけでもよいが、三句まで続けることも出来る。
客発句脇亭主（きゃくほっくわきていしゅ）	招待客が発句を詠み、招いた主人が脇句を詠む作法。
切れ字（きれじ）	句を切るために用いる語。「や」「かな」「けり」、活用語の命令形、形容詞の終止形など。発句は切れ字を使用する必要がある。
句上（くあげ）	懐紙の最後に、作者名を列挙し、その下に各作者の詠んだ句の合計句数を記すこと。
句数（くかず）	句材の連続使用数に関する制約。たとえば、春や秋の句は、三句から五句まで続けなければならない。
句去（くさり）	句材の間隔に関する制約。たとえば、季節の句は、一旦途切れると間に七句をおかなければ、同じ季節の句を詠むことができない。

興行（こうぎょう）	連歌をすること。張行《ちょうぎょう》とも言う。
指合・差合（さしあい）	去嫌や種々の制約に抵触すること。
去る（さる）	句を隔てること。二句去りといえば、間に二句をおくこと。
去嫌（さりきらい）	隔てなければならない句数の規定。
三吟（さんぎん）	連歌を三人で巻くこと。
式目（しきもく）	連歌をするためのルール。制約。
治定（じじょう）	連歌・俳諧で、句の表現を決定すること。
釈教（しゃっきょう）	部立の一つ。仏教に関するもの。寺・僧など。
述懐（しゅっかい）	部立の一つ。過去を悔いる心情や、昔のことを懐かしむ心情（懐旧）、人の死を悲しむ心情（無常）などに関すること。昔、憂身、命など。

執筆（しゅひつ）	宗匠の補助をする人。指合があるかないかを吟味して、指摘する。句の採択の最終的な判断は宗匠が行う。また、採択された句を懐紙に記録する。
定座（じょうざ）	月と花を詠むべき箇所。引き上げる場合もある。
神祇（じんぎ）	部立の一つ。神や神社に関するもの。宮、社など。
宗匠（そうしょう）	連歌会を指導して作品をまとめる人。一座の指合や疑義を判定し一巻を指揮する。
雑の句（ぞうのく）	季の句以外の句。
第三（だいさん）	三番目の句。一般には「て」止め。「らん」「もなし」で止める場合もある。
体・用（たいゆう）	山類・水辺・居所の下位分類。体・用・体や用・体・用とならないように句を付ける。
月次連歌（つきなみれんが）	毎月定例として行う連歌。

付合（つけあい）	付け方、付け味などのこと。
亭主（ていしゅ）	連歌の座を提供する人。
出合遠近（であいえんきん）	席上で同時に句が出た場合、懐紙の句の並びにおいて、遠い作者の句の方を優先すること。
出勝（でがち）	早く出た句を採用する方法。
独吟（どくぎん）	連歌を独りで作り上げること。
取り成し（とりなし）	付合手法の一。前句の言葉を別の意味に転じるなどして句を付けること。
俳諧連歌（はいかいれんが）	俳言を自由に使用する連歌。主に歌仙形式で行われる。江戸時代には貞門俳諧、談林俳諧、正風俳諧と呼ばれる俳諧が行われた。明治以降は「連句」と称する。
俳言（はいごん）	大和言葉以外の言葉。外来語、漢語、俗語など。

端作り（はしづくり）	一枚目の懐紙の右端に、興行年月日等を記入すること。
披講（ひこう）	作品を読み上げること。
膝送り（ひざおくり）	一座した人たちが順番に詠んでいく方法。
百韻（ひゃくいん）	百句を詠み継ぐ形式。中世・近世の連歌の基本的な形式であった。
平句（ひらく）	発句、脇、第三、挙句以外の句。
賦物（ふしもの）	使用できる言葉を制限するもの。賦物連歌では、一巻全体に関係していたが、現代では、発句が詠まれたあとに、その句に使用されてる言葉を元に決め、題目として用いている。
部立（ぶたて）	句材の分類。主なものに、光物《ひかりもの》、時分《じぶん》、聳物《そびきもの》、降物《ふりもの》、山類《さんるい》、水辺《すいへん》、動《うごき》物《もの》、植物《うえもの》、人倫《じんりん》、神祇《じんぎ》、釈教《しゃっきょう》、恋、述懐《しゅっかい》、旅、名所《などころ》、居所《きょしょ》、衣類がある。
文音（ぶんいん）	手紙等で句のやり取りをして連歌を巻くこと。

法楽連歌（ほうらくれんが）	神仏に奉納する連歌。
発句（ほっく）	連歌の最初に詠まれる句。当季の季語を用いる。切れ字を使用する。挨拶の句とされ、特別な客がいる場合は、その客が詠む。
本意（ほんい）	句材とする対象の、伝統的に形成された、もっともそれらしい性質。
満尾（まんび）	連歌一巻を巻き終わること。
三つ物（みつもの）	発句、脇、第三の三つの句。発句は一座の基調をなし、脇は調和の初めをなし、第三は変化の初めをなす。
遣句（やりく）	前句がむずかしくて付けにくいときや手の込んだ句が続いたときに、次の句を付けやすいように軽く付けること。また、その句。逃げ句。
世吉（よよし）	四十四句を詠み継ぐ形式。百韻の二折、三折を略した形式。初折表八句、裏十四句、名残折表十四句、裏八句となる。

寄合（よりあい）	古典作品等によって、関連あるとされた語と語の関係や、関係づけられている語。
両吟（りょうぎん）	連歌を二人で巻くこと。
輪廻（りんね）	同じ発想やイメージ、言葉が繰り返されること。
連句（れんく）	俳言を自由に使用する連歌。主として歌仙形式が用いられる。俳諧連歌を明治以降「連句」と称する。
連衆（れんじゅ・れんじゅう）	連歌の座に参加する人。
脇（わき）・脇句（わきく）	発句に添えて詠む短句。当季の季語を用いる。体言止め。正式には座を用意する興行の主催者や興行が行われる家の主人が詠む。
脇起し（わきおこし）	発句に、古人の発句を借用して脇から連歌を巻くこと。「脇起り」とも言う。

【連歌懐紙】

宗匠（　　　　）
執筆（　　　　）
令和　　年　　月　　日
会場（　　　　）

賦　　連歌

初折表	定座	季	句	作者	句材
発句					
脇					
三					
四					
五					
六					
七	月				
八					

初折裏	定座	季	句	作者	句材
一					
二					
三					
四					
五					
六					
七					
八					
九					
十	月				
十一					
十二					
十三	花				
十四					

名残折表	定座	季	句	作者	句材
一					
二					
三					
四					
五					
六					
七					
八					
九					
十					
十一					
十二					
十三	月				
十四					

名残折裏	定座	季	句	作者	句材
一					
二					
三					
四					
五					
六					
七	花				
八					

句上

氏名

句数

【句材表】

『連歌新式便覧』『産衣』『連歌初心抄』（以上『連歌法式綱要』岩波書店）、『毛吹草』連歌恋之詞（岩波文庫）による。

部立	具体例	句数	句去
光物《ひかりもの》	月・日・星	1～2	3 月と月は7 日と日は5
時分《じぶん》	夜 水鶏《くひな》・蛍・蚊遣火《かやりび》・筵《むしろ》・枕・床《とこ》・又寝・神楽《かぐら》・漁《いさり》火・閨《ねや》・鼯《むささび》・狐・私語《ささめごと》・睦言《むつごと》・きぬぎぬ・火桶・燈火《ともしび》・明《あく》る	1～3	夜と夜は5 朝と夕は2

	朝	朝ぼらけ・朝風・朝雲	1～2	
	夕	夕暮れ・夕月・暮　※宵は時分に非ず。		
聳物《そびきもの》		霞・霧・雲・煙　※虹は聳物に非ず。	1～2	3
降物《ふりもの》		雨・露・霜・雪・霰《あられ》　※涙の雨は降物に非ず。	1～2	3　雨と雨は5
山類《さんるい》	（体）	岡・嶺・洞《ほら》・尾上・麓・坂・そは（杣）・谷・島・山の関	1～3	5
	（用）	梯《かけはし》・瀧・杣木《そまぎ》・炭竈《すみがま》・畑　※林・森は山類に非ず。		
水辺《すいへん》	（体）	海・浦・江・湊《みなと》・堤・渚・嶋・沖・磯・干潟・岸・汀《みぎは》・沼・ 川・池・泉・洲	1～3	5
	（用）	波・水・氷・塩・氷室《ひむろ》		
	体用の他	浮木・船・流・塩焼・塩屋・水鳥類・蛙・千鳥・杜若《かきつばた》・菖蒲《あやめ》・ 蘆・蓮・真薦《まこも》・海松《みる》・和布《わかめ》・藻塩草・萍《うきくさ》・海士《あま》・閼伽《あか》結・ 魚・網・釣垂・手洗水・下樋《したひ》		

動物《うごきもの》	獣	鹿・駒・猪・鼯《むささび》・兎・牛・馬	1〜2	虫に鳥、鳥に
	鳥	鶯・時鳥《ほととぎす》・雁・鶴・千鳥		獣は3、
	虫	虫・蛍・蝉・蜩《ひぐらし》・蛙		鳥に鳥は5
植物《うえもの》	木	松・杉・檜・柳・林・森	1〜2	木と木は5
	草	藤・萍《うきくさ》・蘆・薄・萩		木に草は3
	竹	なよ竹・呉竹・竹の林・若竹・小笹		木に竹は2
人倫《じんりん》		人・我・身・友・父・母・誰・関守・主 ※僧都・山姫・ふたり・聖《ひじり》は人倫に非ず。	1〜2	2
神祇《じんぎ》		宮・野の宮・小忌衣《おみごろも》・日陰《ひかげ》糸・東遊《あづまあそび》・求子《もとめご》・放生・ひもろき・朱の玉垣	1〜3	5
釈教《しやっきよう》		寺・閼伽《あか》・僧・山伏・法《のり》の師・科《とが》	1〜3	5
恋		私語《ささめごと》・睦言《むつごと》・物病み・やもめ・きぬぎぬ・古き衾《ふすま》・傍寝《そひね》・恨み・かこつ・契《ちぎり》・又寝・兼事《かねごと》・ぬれぎぬ・垣間見《かいまみ》・あだし心・目くはせ・新《にひ》枕《まくら》・古枕・忍草・思草・たはれ女・うかれめ・たをやめ・枕を交はす・忍妻・人妻・身を知る雨・思ひの淵・思ひのたけ・物思ひ・片思ひ・	2〜5	5

	うしろめたき・恥かはし・衣を返す・なまめく・妹《いも》がり・妹背《いもせ》・そひふし・玉章《たまづさ》・待宵・君・乱髪・あくがるる・色好・すき心・枕香・つらき・物のけ・うはの空・占・背子《せこ》・心乱る・切《せち》に思ふ・うかるる・あた人・わぎもこ・そねみ・ねたみ・逢瀬《あふせ》・空だのめ		
述懐	昔・古・老・死・世・親子・苔衣・墨《すみ》（染《ぞめ》）袖・隠家・捨身・憂身《うきみ》・命・白髪	1〜3	5
旅	旅・草枕・東屋《あづまや》・駅路《うまやぢ》・海路《うなぢ》・渡船《わたしぶね》	1〜3	5
名所《などころ》	淡路島・八幡山・高砂の松　※都は名所に非ず。	1〜2	3
居所《きょしょ》	（体）軒・床・里・窓・門《かど》・室戸・庵《いほ》・戸・樞《とぼそ》・甍《いらか》・壁・隣・墻 （用）庭・外面《そとも》・簾《すだれ》	1〜3	5
衣類	下紐・ひれ	1〜2	5
春・秋		3〜5	7
夏・冬		1〜3	7

【季語集】

『増補俳諧歳時記栞草』（曲亭馬琴編・藍亭青藍補　嘉永四年刊・岩波文庫本・堀切実校注）の中から和語を主に選び、五十音順に並べかえたものである。

春

［三春］（一～三月を通して季語となるもの）

暖《あたゝか》・紙鳶《いかのぼり》（凧）・糸遊《いとゆふ》（陽炎）・鶯・鷽《うそ》・歌よみ鳥・独活《うど》・麗《うらゝか》・朧月《おぼろづき》・朧夜・陽炎《かげろふ》・霞・風光る・風見草・門《かど》柳・鐘霞む・川《かは》柳・雉子《きゞす》・慈姑《くわゐ》・東風《こち》・駒鳥《こまどり》・佐保姫《さほひめ》・蜆《しじみ》・芹《せり》・椿《つばき》・摘《つみ》草・鳥囀《さへづ》る・永日《ながき》・匂ひ鳥・ぬくし・野遊《のあそび》・長閑《のどか》・海苔《のり》・初鮒《はつふな》・春風・春雨・春告鳥《はるつげどり》（鶯）・鹿尾菜《ひじき》・人来鳥《ひとくどり》（鶯）・雲雀《ひばり》・鱒《ます》・水ぬるむ・めばり柳・海雲《もづく》・百千鳥《もゝちどり》・柳・若布《わかめ》・山葵《わさび》

［正月］（睦月）

浅蜊《あさり》・あら玉の年・沫雪《あわゆき》・白馬節会《あをうまのせちゑ》・磯菜摘《いそなつむ》・凝《いて》かへる・稲積《いねつむ》・飯蛸《いひだこ》・謡初《うたひぞめ》・卯槌《うづち》・卯杖《うづゑ》・馬乗始《うまのりぞめ》・梅見・夷《えびす》祭・押鮎《おしあゆ》・柑子《かうじ》・鏡開《かゞみびらき》・数の子・門《かど》松・獺魚《かはうそうを》を祭る・蔵開《くらびらき》・木《こ》の芽《め》・小松引《こまつひき》・暦開《こよみびらき》・里《さと》

居《ゐ》・猿曳《さるひき》・歯朶《しだ》・下萌《したもえ》・注連《しめ》の内・白魚《しらうを》・宝船・敷《しく》・田作《たづくり》・店卸《たなおろし》・土筆《つくし》・年玉・屠蘇《とそ》・飛《とび》梅・七草・猫の妻恋《つまごひ》・子日遊《ねのひのあそび》・残雪《のこりのゆき》・羽子板・畑打《はたうち》・初暦・初芝居・初空・初夢・弾初《ひきぞめ》・蕗薹《ふきのたう》・松の内・山笑《わらふ》・雪《ゆき》解《どけ》・雪なだれ・楪《ゆづりは》・若草・若菜・若水・若緑

［二月］（衣更着《きさらぎ》）

虻《あぶ》・糸桜・春日《かすが》祭・蛙《かはづ》・帰雁《かへるかり》・亀鳴《なく》・草芳《かうばし》・鹿角落《しかのつのおつ》・雀の子・薪《たきぎ》能・田螺《たにし》・種芋・田畑野山焼《やく》・蒲公英《たんぽぽ》・地虫《ぢむし》穴を出《いづ》・燕・蝶・鳥巣《とりのす》・菜花《なのはな》・蒜《にんにく》・蜂・初虹・水取《みづとり》・水口《みなくち》祭・山桜・蓬摘《よもぎつむ》・蕨《わらび》

［三月］（弥生）

薊《あざみ》・馬酔木花《あせぼのはな》・鮎子《あゆのこ》・蚕・蛙《かはづ》のめかり時・草餅・雲に入鳥《いるとり》・小鮎・蚕飼《こがひ》・辛夷《こぶし》・桜・桜うぐひ・桜貝・桜狩《さくらがり》・桜鯛・潮干《しほひ》・白酒・菫《すみれ》・李花《すもゝのはな》・鷹の巣・竹秋《たけのあき》・茶摘《つみ》・躑躅《つつじ》・鳥帰《かへる》・梨花《なしのはな》・夏近し・棗《なつめ》の花・花・花曇《ぐもり》・花園・花の山・花嫁・蛤《はまぐり》・雛遊《ひなあそび》・藤・ぶらこゝ・木瓜《ぼけ》・めかり時・桃の酒・桃花《もゝのはな》・八重桜・山吹・行《ゆく》春・呼子鳥《よぶこどり》・蓬餅・若鮎・忘霜《わすれじも》

夏

［三夏］（四～六月を通して季語となるもの）

汗衫《あせとり》・汗巾《あせぬぐひ》・暑《あつさ》・扇《あふぎ》・編笠・鮎・青鷺《あをさぎ》・鵜飼《うかひ》・団扇《うちは》・蚊・蝙蝠《かうもり》・蝸牛《かたつぶり》・翡翠《かはせみ》・蚊帳《かや》・蚊遣火《かやりび》・紫蘇《しそ》・鮨・涼し・夏の月・蚤・蠅・日傘・蟾蜍《ひきがへる》・冷麦・昼寝・蛍・短夜

［四月］（卯花月）

袷《あはせ》・葵祭《あふひ》・雨蛙・青簾《あをすだれ》・覆盆子《いちご》・卯花《うのはな》・卯花くたし《うのはな》・老鶯《おいうぐひす》・杜若《かきつばた》・賀茂祭・かんこ鳥・桐の花・草茂る・蜘の子《くも》・罌粟の花《けし》・木下闇《こしたやみ》・駒牽《こまひき》・衣更《ころもがへ》・桜の実・茂り・四手の田長《しでのたをさ》（ほととぎす）・橙《だい〳〵》の花・筍《たけのこ》・橘《たちばな》・燕の子・常夏《とこなつ》・夏草・夏木立・夏羽織・蓮の浮葉・葉柳・牡丹・杜鵑《ほととぎす》・祭《まつり》・都草・麦刈《かり》・麦秋《むぎあき》・藪椿《やぶつばき》・若葉・わくら葉

［五月］（早苗月）

紫陽花《あじさゐ》・楝の花《あふち》・菖蒲引《あやめひく》・青梅・萍の花《うきくさ》・浮巣・空蝉《うつせみ》・瓜の花・鬼百合・柏餅・帷子《かたびら》・鹿《か》の子・胡瓜《きうり》・薬玉・山梔子の花《くちなし》・桑美《くはのみ》・水鶏《くひな》・黒南風《くろばえ》・黒百合・苺の花《こけ》・今年竹・柘榴の花《ざくろ》・五月闇《さつきやみ》・早苗《さなへ》・

五月雨《さみだれ》・早乙女《さをとめ》・白南風《しろばえ》・李《すもも》・末摘花《すゑつむはな》・蝉・田植・竹植《うゝる》日・梅雨《つゆ》・虎が雨・茄子《なす》・瞿麦《なでしこ》・苗・鳰《にほ》の浮巣・合歓花《ねむのはな》・幟《のぼり》・枇杷《びは》・姫百合・みづすまし・藻刈《もかり》・百合・若竹・忘草《わすれぐさ》

[六月]（水無月）

秋近し・麻・暑日《あつきひ》・雨乞《あまごひ》・青嵐・青瓜・青田・泉・打水《うちみづ》・大祓《おほはらへ》・風薫《かをる》・蒲《がま》の穂・唐崎参《からさきまゐり》・葛《くず》の花・雲の峯・海月取《くらげとる》・毛虫・金亀虫《こがねむし》・清水・納涼《すずみ》・蝉時雨《せみしぐれ》・筍《たけのこ》・田草取《とる》・竹皮脱《たけのかはぬぐ》・茅輪《ちのわ》・露涼し・時計草・心太《ところてん》・名越祓《なごしのはらへ》・夏深し・蓮花《はすのはな》・日盛《ひざかり》・氷室《ひむろ》・姫瓜・冷水売《うり》・富士詣《まうで》・舟遊《ふなあそび》・糸瓜《へちま》の花・葎《むぐら》茂る・虫干《ぼし》・夕顔・夕立・綿花《わたのはな》

秋

[三秋]（七月〜九月を通して季語となるもの）

秋風・秋声《あきのこゑ》・秋の七草・朝月夜《あさづくよ》・朝の月・有明《ありあけ》・ありのみ・糸芒《いとすすき》・稲舟・稲莚《いなむしろ》・稲・稲刈《いねかり》・芋・鰯《いわし》雲・鶉《うづら》・鶉衣・案山子《かかし》・柿・柿餅・霧・霧雨・霧の海・草の花・葛《くず》・枳椇《けんぽなし》・牛房引《ごばうひく》・さやけき・猿酒・狭牡鹿《さをしか》・鹿・鹿笛《しかぶえ》・鴫《しぎ》・鹿垣《しゝがき》・篠芒《しのすゝき》・忍草《しのぶぐさ》・しら露・芒《すゝき》・添水《そうづ》（田畑を荒らす鳥獣を音を鳴らしてお

どす道具）・袖の露・立待月《たちまちづき》・竜田姫・田の色・月・月の兎・蔦《つた》・露・鳴子《なるこ》・零余子《ぬかご》・寝待月《ねまちづき》・芭蕉・鯊釣《はぜつり》・花野・引板《ひた》・臥待月《ふしまちづき》・糸瓜《へちま》・星月夜・鬼灯《ほゝづき》・三日月・身に入《しむ》・蓑虫・蚯蚓鳴《みゝずなく》・虫・虫籠・鵙《もず》・望《もち》月《づき》・夕月夜《ゆふづくよ》・弓張月《ゆみはりづき》・犬子草《ゐのこぐさ》

［七月］

秋さり・秋の蚊・秋の蝉・秋の蝶・秋の蛍・朝顔・天の川・糸萩・蝗《いなご》・稲妻・稲の花・蟷螂《いぼむしり》（かまきり）・芋虫・馬追《うまおひ》・送り火・蜻蛉《かげろふ》・螳螂《かまきり》・桔梗《ききやう》・蟋蟀《きりぎす》・轡虫《くつわむし》・小鷹狩《こたかがり》・竈馬《こほろぎ》・小町踊《こまちをどり》・西瓜《すいか》・鈴虫・硯洗《すゞりあらひ》・相撲・七夕踊《をどり》・霊祭《たままつり》・ちゝろ虫・机洗《つくゑあら》ひ・辻相撲・蜻蛉《とんぼう》・棗《なつめ》の実・念仏踊《をどり》・残る蛍・墓参《まゐり》・初嵐・鳩鳴《はとふく》・花火・蜩《ひぐらし》・冷《ひやゝか》・藤袴・筆津虫《ふでつむし》・星祭・松虫・迎へ火・木槿《むくげ》・虫送《おくり》・やんま・夕顔の実・早稲《わせ》・童相撲《わらべすまひ》・狗尾草《ゐのころぐさ》・荻《をぎ》・女郎花《をみなへし》

［八月］（葉月）

秋の暮れ・通草《あけび》・新走《あらばしり》（新酒のもっとも早いもの）・藍の花・十六夜月《いざよひづき》・稲小屋・稲束《いなつか》・色鳥・薄《うす》紅葉《もみぢ》・漆《うるし》の花・榎茸《えのきだけ》・落鮎《おちあゆ》・河鹿《かじか》・桂の花・萱刈《かやかる》・雁・刈萱《かるかや》・啄木鳥《きつゝき》・砧《きぬた》・駒牽《こまひき》・小望月《こもちづき》・柘榴《ざくろ》・

四十雀《しじふから》・椎茸・鱸釣《すゞきつる》・鶺鴒《せきれい》・蕎麦《そば》の花・竹の春・太刀魚《たちのうを》・司召《つかさめし》・月見・鶫《つぐみ》・燕帰る・露草・木賊刈《とくさかる》・長き夜《よ》・濁酒《にごりさけ》・野菊・野分《のわき》・初潮・初紅葉・花芒《はなすゝき》・花畑・浜木綿《はまゆふ》の花・鵯《ひよどり》・葡萄・瓢箪《へうたん》・蛇穴に入《いる》・松茸・椋鳥《むくどり》・竜胆《りんだう》・渡鳥《わたりどり》・尾花《をばな》

［九月］（長月・菊月）

秋過《すぎ》て・秋深き・秋を惜《をしむ》・朝寒《あささむ》・温酒《あたゝめざけ》・毬栗《いがぐり》・無花果《いちじく》・色なき風・うそ寒《さむ》・落栗《おちぐり》・落水《おとしみづ》・柿紅葉・菊花《きくのはな》・草の紅葉・茱萸《ぐみ》・栗・胡桃《くるみ》・木《こ》の実・椎の実・高きに登る・宝の市・椿の実・露寒《つゆさむ》・露時雨《つゆしぐれ》・露霜・団栗《どんぐり》・残菊《のこりぎく》・後《のち》の月・野山の錦・肌寒《はださむ》・穭《ひつじ》・冬を待《まつ》・松の実・豆引《ひく》・蜜柑・紅葉《もみぢ》・紅葉かつちる・紅葉狩《がり》・紅葉鮒《もみぢぶな》・焼栗・山粧《よそ》ふ・漸寒《やゝさむ》・行秋《ゆくあき》・夜寒《よさむ》・吾亦紅《われもかう》

冬

［三冬］（十〜十二月を通して季語となるもの）

網代《あじろ》・厚氷・霰《あられ》・勇魚《いさな》（くじら）取《とり》・凍《いてる》・浮寝鳥《うきねどり》・埋火《うづみび》・落葉《おちば》・鐘氷《こほる》・鐘さゆる・蕪《かぶら》・紙衣《かみこ》・狩《かり》・枯《かれ》野《の》・北窓塞《きたまどふさぐ》・草枯《くさがれ》・朽葉《くちば》・凍《こゞゆる》・火燵《こたつ》・粉雪・木《こ》の葉・木《こ》の葉の雨・氷・寒さ・冴《さゆる》・しづり雪・霜・霜

の鐘・霜柱・霜やけ・炭・炭売《うり》・炭竈《すみがま》・炭焼・蕎麦湯《そばゆ》・橇《そり》・大根引《だいこひく》・鷹・鷹狩《がり》・炭団《たどん》・足袋《たび》・玉子酒・鱈《たら》・垂氷《たるひ》（つらら）・千鳥・月冴《さゆる》・つめたき・氷柱《つらゝ》・手焙《てあぶり》・鍋焼《やき》・鳰《にほ》・胡蘿蔔《にんじん》・葱《ねぎ》・はだれ雪・隼《はやぶさ》・火鉢・氷面鏡《ひもかゞみ》・氷魚《ひを》（鮎の稚魚）・火桶・河豚《ふぐ》・衾《ふすま》・蒲団《ふとん》・吹雪・冬枯《がれ》・冬木立《こだち》・冬籠《ごもり》・冬田・榾《ほだ》・霙《みぞれ》・水鳥・木兎《みゝづく》・山眠《ねぶる》・雪・雪垣・雪転《こかし》・雪礫《ゆきつぶて》・雪催《もよ》ひ・雪やけ・鴛鴦《をし》

［十月］

帰《かへり》花・神送《おくり》・神の留守・枯尾花・颰《こがらし》・小春《こはる》・衣更《ころもがへ》・山茶花《さざんくわ》・時雨《しぐれ》・初氷・初時雨・初霜・初雪・枇《び》杷《は》の花・柊《ひゝらぎ》の花・冬牡丹・村時雨・紅葉散《ちる》・八手花《やつでのはな》

［十一月］

帯解《おびとき》・神楽《かぐら》・顔見世・暦売《こよみうり》・里神楽《かぐら》・酉《とり》の市《いち》・新嘗祭《にひなめまつり》・袴着《はかまぎ》・鉢叩《はちたゝき》・鰤《ぶり》

［十二月］

いぬる年・鰯《いわし》の頭挿《かしらさす》・おにやらひ・大晦日《おほつごもり》・乾鮭《からざけ》・薬食《ぐひ》・事納《ことをさめ》・師走・煤払《すゝはらひ》・追儺《つひな》・年の市・年の

暮《くれ》・年の名残・年の果《はて》・年の終《をはり》・早咲《はやざき》の梅椿・春近き・春の隣・春を待《まつ》・札納《ふだをさめ》・冬を惜《をしむ》・古暦《ふるごよみ》・豆打《うつ》・厄払《やくはらひ》・行年《ゆくとし》

【連歌を詠むために知っておきたい言葉と表現】

1　使ってみたい大和言葉

名詞

【人・人体】

かひな…腕。

かんばせ…顔。

くすし（薬師）…医者。

そまびと（杣人）…木樵《きこり》。

たなごころ（掌）…手のひら。

たをやめ（手弱女）…か弱い女性。しとやかでやさしい女性。

たまのを（玉の緒）…命。

もののふ…武士。

やまがつ（山賤）…木樵《きこり》。
よすてびと（世捨人・桑門）…俗世間を捨てて僧や隠者になった人。隠遁《いんとん》者。
よはひ（齢）…年齢。

【獣・虫・鳥・魚】
あきつ…蜻蛉。（秋）
あしたづ（葦鶴）…鶴。
いさな（勇魚）…鯨。（冬）
うつせみ（空蝉）…蝉の抜け殻。（夏）
うろくづ…魚。
かはづ…蛙。かじか。（春）
きぎす…雉。（春）
こま（駒）…馬。
ささがに（細蟹）…蜘蛛。

たづ…鶴。
つばくら・つばくらめ…燕。（春）
ましら…猿。
ゆふつけとり（木綿付け鳥）…鶏。

【植物】
あさぢふ（浅茅生）…茅萱《ちがや》の茂っているところ。雑草の生えているところ。
おもひぐさ（思ひ草）…竜胆《りんどう》。（秋）
ねぶか（根深）…葱《ねぎ》。（冬）
ひさご…瓢箪（秋）。
ふかみぐさ（深見草）…牡丹《ぼたん》。（夏）
よもぎふ（蓬生）…蓬が茂ったところ。雑草の生い茂って荒れ果てたところ。

【天体・自然・自然現象】
あさまだき（朝まだき）…夜の明けきらない頃。
あまそそぎ（雨注ぎ）…雨の雫。雨だれ。
ありあけ（有り明け）…夜が明けても空に残っている月。残月。
いかづち（雷）…かみなり。（夏）
いさご…砂。
いでゆ（出で湯）…温泉。
いとゆふ（糸遊）…陽炎《かげろう》。春の晴れた日、地面から立ち上る蒸気（春）。
いなびかり（稲光）…稲妻。雷光。（秋）
うすらひ（薄氷）…薄く張った氷。（春）
うらわ（浦廻）…海岸の湾曲して入り組んだところ。
おぼろづき（朧月）…ほんのりかすんだ月。（春）
かたびらゆき（帷子雪）…薄く降り積もった雪。（冬）
こち（東風）…春に吹く東寄りの風。（春）

しほひ（塩干・汐干）…潮が引いた後の海岸。干潮。
そま（杣）…木を植え付け育て、材木をとる山。
たるひ（垂氷）…つらら。（冬）
とやま（外山）…人里に近い山。
なるかみ（鳴る神）…雷。（夏）
なゐ…地震。
にはたづみ（庭潦）…雨が降って地上にたまったり流れたりする水。水たまり。
のわき（野分）…秋に吹く暴風。（秋）
はやま（端山）…人里に近い山。
ひぢかさ（の）あめ（肘笠雨）…笠をかぶる暇もなく肘をかざして防がなければならないほど急に降る雨、にわか雨。
ほしあひ（星合ひ）…陰暦七月七日の七夕の夜、牽牛織女の二つの星が会うこと。（秋）
みやま（深山・太山）…奥深い山。
むらくも（村雲・群雲）…集まりむらがっている雲。

もちづき（望月）…満月。（秋）
やまがひ（山峡）…山と山との間。
ゆふつづ（夕星）…夕暮れ、西空に見える金星、宵の明星。
よばひ星…流れ星。（秋）
をのへ（尾の上）…山の峰。山の頂。

【建物】
かきほ…垣。
かりいほ（仮庵）…仮に作った粗末な庵。秋の田を害獣から守るためなどに設けた。
きざはし…階段。
すいがい（透垣）…板や竹で間を少し透かしてつくった垣根。
つくばひ（蹲ひ）…茶室の近くの庭などに据えてある手洗い鉢。
とぼそ…扉。戸。
ねや（閨・寝屋）…寝室。

はり（玻璃）…ガラス。
みづがき（瑞垣）…神社の周りに設けた垣根。玉垣。斎垣《いがき》。
みはし（御階）…神社・宮中などの階段の敬称。
やりみづ（遣り水）…寝殿造りの庭で、外から水を引き入れて流すようにしたもの。

【生活】
あさとで（朝戸出）…朝、外出すること。
いさり…漁。
うづみび（埋火）…灰の中に埋めてある炭火。（冬）
かへるさ（帰るさ）…帰り道。
きぬた（砧）…木や石の台を使い、布を打つこと。（秋）
つまぎ（爪木）…薪にする小枝。
とまり（泊まり）…船着き場。港。
なわて（縄手・畷）…田の間の道。あぜ道。

はしゐ（端居）…縁先に出て座っていること。（夏）
ふみ（文）…手紙。
まどゐ（円居）…輪になって楽しむこと。団欒《だんらん》。
みづぐき（水茎）…筆跡。

【衣服】

こけのころも（苔の衣）…僧や隠者などの着る粗末な衣。

ころもで（衣手）…袖。

すりごろも（摺衣）…山藍、露草などの草木の絞り汁で、様々な模様をすりつけた衣服。

ふぢごろも（藤衣）…喪服。


【恋】

あだごころ（徒心）…浮気心。

かいまみ（垣間見）…物の隙間から密かにのぞき見をすること。

かねごと（兼言・予言）…男女の約束の言葉。

きぬぎぬ（衣衣・後朝）…男女が共に寝た翌朝、脱いで重ね掛けておいた各自の着物を着て別れること。

たまくら（手枕）…腕を枕にすること。また、男女の共寝。

たまづさ（玉章）…手紙。

にひまくら（新枕）…男女が初めて枕を交わし、共寝をすること。

むつごと（睦言）…男女の語らい。


【その他】

あらまし…予定。予期。

つと…みやげもの。

とつくに（外つ国）…外国。

のり（法）…仏教。仏法。

ひな（鄙）…田舎。

まつりごと（政）…政治。

もろこし（唐土）…中国。
よも（四方）…あちらこちら。
をちこち（遠近）…あちこち。遠くと近くと。

動詞

いざなふ…誘う。
いとふ…嫌う。
かこつ…不平を口に出して言う。
さゆ（冴ゆ）…冷える。（冬）
しはぶく…咳払いをする。咳をする。
すだく…（虫などが）集まって鳴く。
ちぎる（契る）…約束する。男女の交わりをする。
ながむ（眺む）…物思いに沈んでぼんやりと見やる。
はむ…食べる。

むすぼほる（結ぼほる）…気がふさぐ。気づまりとなる。
ゆふさる（夕さる）…夕方になる。
わぶ（侘ぶ）…つらく思う。思い悩む。

形容詞

いとけなし（幼けなし）…幼い。
いはけなし…幼い。
うし（憂し）…憂鬱だ。つらい。
しげし（繁し）…（草木が）生い茂っている。（虫が）しきりに鳴いている。
しるし（著し）…はっきりしている。
すさまじ（凄じ）…寒々としている。もの寂しい。（秋）
たけし（猛し）…力が強い。勇ましい。
つれなし…冷淡である。よそよそしいさま。
ゆかし…見たい。聞きたい。心ひかれる。

わりなし…筋道が立たない。どうしようもない。
をかし…趣がある。面白い。

形容動詞

あだなり…はかない。かりそめなさま。誠実さがない。
あはれなり…しみじみと感じられる。
あやにくなり…ひどい。憎らしい。思うようにならない。
いたづらなり…無駄だ。むなしい。役に立たない。
なほざりなり（等閑なり）…おろそかだ。いいかげんだ。本気でない。

副詞

あまた…たくさん。
いとど…いっそう。ますます。
げに（実に）…本当に。いかにも。

ひねもす…一日中。
ひもすがら（終日）…一日中。
よもすがら（夜もすがら）…一晩中。

2　使ってみたい感覚表現

視覚的なものだけでなく、嗅覚・聴覚に関する語も使うとよい。

【嗅覚に関する言葉】

か（香）…香り。
　移り香…他の物に移り残った香り。
　汐の香…潮の香り。海の匂い。
　花の香
かをる（薫る）…よい匂いが立ちこめる。
そらだき（空薫き）…どこからともなく匂ってくるように香をたくこと。

にほふ（匂ふ）　※古語では、視覚的な美しさを表す言葉としても用いられる。

【聴覚に関する言葉】

鳥の声…鶯（春）・鶉《うづら》（秋）・ほととぎす（夏）
　水鶏《くひな》（夏）　※水鶏が鳴くことを「たたく」という。

虫の声…蝉（夏）・虫（秋）・鈴虫（秋）
　※虫が集まって鳴くことを「すだく」という。

自然の音…風・波・せせらぎ・雷（夏）

楽器の音…琴・笛・琵琶

生活の音　砧…布を柔らかくしたり、つやを出したりするための木槌の音。（秋）
　畑や田を打つ音。（春）

鐘の音

3　使ってみたい文語表現

連歌は、同じような表現にならないようにしなければなりません。そこで、次のような表現も試みるとよいでしょう。

（1）強意

係助詞　※係り結びの法則をあてはめる。

ぞ・なむ――連体形で結ぶ。

こそ――已然形で結ぶ。

（例）

彼ぞ恋しき　（彼が恋しい）

彼なむ頼もしき　（彼が頼もしい）

花こそあはれなれ　（花がしみじみと美しく感じられる）

（2）推量・意志

助動詞

む（推量・意志）

花咲かむ　（花は咲くだろう）※未然形接続

我行かむ　（私は行こう）

べし（推量・当然・意志）　花咲くべし　（花は咲くに違いない）※終止形接続（ただし、ラ変型活用語には連体形接続）

我行くべし　（私は行こう）

（3）否定・打消

助動詞

ず（打消）　君は来《こ》ず（君は来ない）　※未然形接続

じ（打消推量・打消意志）　君は来《こ》じ（君は来ないだろう）※未然形接続

まじ（打消推量・打消意志）　忘るまじ（忘れないだろう）※終止形接続（ただしラ変型活用語には連体形接続）

形容詞

なし　雲もなし

（4）命令

動詞の命令形　烏よ鳴け

早く来よ　（早く来い）

（5）疑問

疑問詞

たれ（誰）　たれの来たるか（誰が来たのか）

いづく（どこ）　いづくへ行かん（どこへ行くのだろう）

いかに（どのように）　いかに過ぐさん（どのように過ごそうか）

（6）願望

（自己の願望）～たい

・助動詞

まほし　会はまほし（会いたい）　※未然形接続

たし　訪ねたし（訪ねたい）　※連用形接続

・助詞

ばや　聞かばや（聞きたい）　※未然形接続

忘ればや（忘れたい）

もがな　会ふ術《すべ》もがな（会う方法があればなあ）
別れのなくもがな（別れがなければなあ）
※体言、形容詞の連用形などに接続

（他への願望）〜してほしい

・助詞
なむ　風は吹かなむ（吹いてほしい）※未然形接続
我を待たなむ（待ってほしい）

（7）仮定
・未然形＋ば　風吹かば（風が吹いたら）
花散らば（花が散ったら）

（8）確定・原因・理由
・已然形＋ば　風吹けば（風が吹くので）
花散れば（花が散るので）

・（〜を）＋形容詞の語幹＋み　入江を寒み（入江が寒いので）
瀬をはやみ（川瀬の流れが速いので）
山深み（山が奥深いので）

【水無瀬三吟百韻　句材】

本文は、新潮日本古典集成「連歌集」所収本による。太字は季語。

賦何人連歌　　句材

（初折表）

1 雪ながら山もと**かすむ**夕《ゆふべ》かな　宗祇　春　降物・山類・聳物・時分（夕）
2 行く水とほく**梅**にほふ里　肖柏　春　水辺・植物（木）・居所
3 川かぜに一むら**柳春**みえて　宗長　春　水辺・植物（木）
4 舟さすおとはしるき明《あけ》がた　祇　雑　水辺・時分（夜）
5 月は猶《なほ》**霧**わたる夜《よ》にのこるらん　柏　秋　光物・時分（夜）聳物

6 霜おく野はら**秋**はくれけり　長　秋　降物
7 なく**虫**の心ともなく草かれて　祇　秋　動物（虫）・植物（草）
8 垣ねをとへばあらはなる道　柏　雑　居所

（初折裏）

1 山ふかき里やあらしに送るらん　長　雑　山類・居所
2 なれぬ住居《すまゐ》ぞさびしさもうき　祇　雑　居所
3 今更《いまさら》にひとりある身を思ふなよ　柏　雑　人倫・述懐
4 うつろはむとはかねてしらずや　長　雑　述懐
5 置きわぶる露こそ**花**に哀れなれ　祇　春　降物・植物（木）
6 まだのこる日のうち**かすむ**かげ　柏　春　時分（夕）・光物・聳物
7 暮れぬとや鳴きつつ**鳥**の**かへる**らむ　長　春　時分（夕）・動物（鳥）
8 み山《やま》をゆけばわく空もなし　祇　雑　山類
9 はるるまも袖は**しぐれ**の旅衣　柏　冬　衣類・降物・旅
10 わが草まくら**月**ややつさむ　長　秋　植物（草）・光物・時分（夜）

11 いたづらにあかすよおほく**秋更**《ふ》**け**て　祇　秋　時分（夜）・恋

12 夢にうらむる**をぎ**の上《うは》かぜ　柏　秋　時分（夜）・恋・植物（草）

13 みしはみなふる郷《さと》人の跡もうし　長　雑　居所・人倫・述懐

14 老のゆくへよなににかからむ　祇　雑　述懐

（二折表）

1 色もなきことの葉をだに哀《あはれ》しれ　柏　雑

2 それも友なるゆふぐれの空　祇　雑　人倫・時分（夕）

3 雲にけふ**花**散りはつる嶺こえて　長　春　聳物・植物（木）山類

4 きけばいまはの**春のかりがね**　柏　春　動物（鳥）

5 **おぼろけの月**かは人もまてしばし　祇　春　光物・時分（夜）・人倫

6 かりねの**露**の**秋**のあけぼの　長　秋　旅・降物・時分（夜）

7 すゐ野なる里ははるかに**霧**たちて　柏　秋　居所・聳物

8 ふきくる風は**衣うつ**こゑ　祇　秋　衣類

9 **さゆる**日も身は袖うすき暮ごとに　長　冬　人倫・衣類・時分（夕）

10 たのむもはかなつま木とる山　柏　雑　山類・述懐
11 さりともの此世《このよ》のみちは尽きはてて　祇　雑　述懐
12 こころぼそしやいづちゆかまし　長　雑
13 命《いのち》のみ待つことにするきぬぎぬに　柏　雑　恋
14 猶《なほ》なになれや人の恋しき　祇　雑　人倫・恋

（二折裏）

1 君を置きてあかずもたれを思ふらむ　長　雑　人倫・恋
2 そのおもかげに似たるだになし　柏　雑　恋
3 草木さへふるきみやこの恨みにて　祇　雑　植物（草・木）・述懐
4 身のうきやども名残《なごり》こそあれ　長　雑　人倫・居所・述懐
5 たらちねの遠からぬ跡《あと》になぐさめよ　柏　雑　人倫
6 月日のすゑやゆめにめぐらん　祇　雑
7 この岸をもろこし舟のかぎりにて　長　雑　水辺
8 又むまれこぬ法《のり》をきかばや　柏　雑　釈教

9 逢ふまでと思ひの**露**のきえかへり　祇　秋　恋・降物

10 身を**あきかぜ**も人だのめなり　長　秋　恋・人倫

11 **松虫**のなく音《ね》かひなきよもぎふに　柏　秋　動物（虫）植物（草）

12 しめゆふ山は**月**のみぞすむ　祇　秋　山類・光物・時分（夜）

13 鐘にわれただあらましのね覺めして　長　雑　人倫・時分（夜）

14 いただきけりなよなよなの**霜**　柏　冬　時分（夜）・降物

（三折表）

1 **冬がれ**のあしたづわびてたてる江に　祇　冬　動物（鳥）・水辺

2 夕しほかぜのとほつふな人　柏　雑　水辺・人倫

3 ゆくへなき**霞**やいづくはてならむ　長　春　聳物

4 くるかた見えぬ山ざとの**はる**　祇　春　山類・居所

5 しげみよりたえだえのこる**花**おちて　柏　春　植物（木）

6 木《こ》のしたわくるみちの**露けさ**　長　秋　植物（木）・降物

7 **秋**はなどもらぬいはやも時雨《しぐ》るらん　祇　秋　降物

8　苔《こけ》のたもとに**月**はなれけり　柏　秋　衣類・光物・時分（夜）

9　心あるかぎりぞしるき世捨人《よすてびと》　長　雑　述懐・人倫

10　をさまる浪に舟いづるみゆ　祇　雑　水辺

11　朝なぎの空にあとなき夜の雲　柏　雑　時分（朝・夜）・聳物

12　**雪**にさやけきよものとほ山　長　冬　降物・山類

13　嶺のいほ**木《こ》のはののち**も住みあかで　祇　冬　山類・居所・植物（木）

14　さびしさならふまつかぜのこゑ　柏　雑　植物（木）

（三折裏）

1　たれかこの暁《あかつき》おきをかさねまし　長　雑　人倫・時分（夜）・釈教

2　**月**はしるやの旅ぞかなしき　祇　秋　光物・時分（夜）・旅

3　**露**ふかみ霜さへしほる**秋の袖**　柏　秋　降物・衣類

4　うす**花すすき**ちらまくもをし　長　秋　植物（草）

5　**鶉**《うづら》なくかた山くれてさむき日に　祇　秋　動物（鳥）山類・時分（夕）

6　野となる里もわびつつぞすむ　柏　雑　居所

7　帰りこばまちしおもひを人やみん　長　雑　恋・人倫
8　うときもたれがこころなるべき　祇　雑　恋・人倫
9　むかしよりただあやにくの恋の道　柏　雑　恋
10　わすられがたき世さへうらめし　長　雑　恋
11　山がつになど春秋《はるあき》のしらるらん　祇　雑　人倫
12　うゑぬ**草葉**の**しげき**柴の戸　柏　夏　植物（草）・居所
13　かたはらに垣ほの**あら田返し**すて　長　春　居所
14　ゆく人**かすむ**雨のくれかた　祇　春　人倫・聳物・降物・時分（夕）

（名残折表）

1　やどりせむ野を**鶯**やいとふらむ　長　春　旅・動物（鳥）
2　さよもしづかに**さくら**さくかげ　柏　春　時分（夜）・植物（木）
3　灯《ともしび》をそむくる**花**に明けそめて　祇　春　植物（木）・時分（夜）
4　たが手枕《たまくら》にゆめはみえけん　長　雑　人倫・恋・時分（夜）
5　契りはやおもひたえつつ年もへぬ　柏　雑　恋

6 いまはのよはひ山もたづねじ　祇　雑　述懐・山類
7 かくす身を人はなきにもなしつらん　長　雑　述懐・人倫
8 さても憂《う》き世にかかる玉のを　柏　雑　述懐
9 松の葉をただ朝ゆふのけぶりにて　祇　雑　植物（木）・時分（朝・夕）・聳物
10 浦わのさとはいかにすむ覧《らん》　長　雑　水辺・居所
11 **秋風**のあら磯《いそ》まくら臥《ふ》しわびぬ　柏　秋　水辺・時分（夜）
12 **雁**《かり》なく山の**月**ふくる空　祇　秋　動物（鳥）・山類・光物・時分（夜）
13 **小萩**原《こはぎはら》うつろふ**露**もあすやみむ　長　秋　植物（草）・降物
14 あだのおほ野をこころなる人　柏　雑　人倫・恋

（名残折裏）

1 忘るなよ限《かぎり》やかはる夢うつつ　祇　雑　恋
2 おもへばいつをいにしへにせむ　長　雑　述懐
3 仏たちかくれては又いづる世に　柏　雑　釈教
4 かれしはやしも**はる風**ぞふく　祇　春　釈教・植物（木）

5 山はけさいく霜夜にか**かすむ**らん　長　春　山類・降物・時分（夜）・聳物

6 けぶり**のどか**に見ゆるかり庵《いほ》　柏　春　聳物・居所

7 いやしきも身ををさむるは有りつべし　祇　雑　人倫

8 人をおしなべみちぞただしき　長　雑　人倫

【著者略歴】

黒岩　淳（くろいわ・あつし）

昭和四十（一九六五）年一月、山口県光市に生まれる。昭和六二年広島大学文学部卒業（国語学国文学専攻）。福岡県の高校で国語を教えている。また、福岡県行橋市の今井祇園連歌の会に所属し、連歌の実作を行っている。著書に『連歌と国語教育—座の文学の魅力とその可能性—』『連歌の息吹—つながり、ひろがる現代の連歌—』（いずれも溪水社）がある。北九州市八幡西区在住。

連歌を楽しむ
鑑賞と創作入門

令和二年八月一日　発行

著　者　黒岩　淳
発行所　株式会社　溪水社
広島市中区小町一—四（〒七三〇—〇〇四一）
電　話（〇八二）二四六—七九〇九
ＦＡＸ（〇八二）二四六—七八七六
e-mail: info@keisui.co.jp
URL: www.keisui.co.jp

ISBN978-4-86327-530-0　C0092